Despertar de nuevo

MICHELLE CELMER

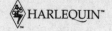
HARLEQUIN™

Editado por HARLEQUIN IBÉRICA, S.A.
Núñez de Balboa, 56
28001 Madrid

I.S.B.N.: 978-84-671-9982-6
Depósito legal: B-6766-2011
Editor responsable: Luis Pugni
Preimpresión y fotomecánica: M.T. Color & Diseño, S.L.
C/ Colquide, 6 portal 2 - 3º H. 28230 Las Rozas (Madrid)
Impresión en Black print CPI (Barcelona)
Fecha impresion para Argentina: 24.10.11
Distribuidor exclusivo para España: LOGISTA
Distribuidor para México: CODIPLYRSA
Distribuidores para Argentina: interior, BERTRAN, S.A.C. Vélez
Sársfield, 1950. Cap. Fed./ Buenos Aires y Gran Buenos Aires,
VACCARO SÁNCHEZ y Cía, S.A.
Distribuidor para Chile: DISTRIBUIDORA ALFA, S.A.

Prólogo

Melody Trent metió la ropa en la maleta con una prisa innecesaria, pues sabía que Ash aún tardaría bastante en regresar. Sus jornadas laborales se hacían cada vez más largas, el tiempo que pasaba con ella era cada vez más escaso, y no sería ninguna sorpresa que pasaran varios días hasta que advirtiera la desaparición de Melody.

Sintió el escozor de las lágrimas y cómo se le formaba un nudo en la garganta. Rápidamente se mordió un carrillo y respiró hondo para calmarse. Nunca había sido una persona de lágrima fácil, y la única explicación que se le ocurrió fue que tenía las hormonas revolucionadas.

Le hubiera gustado culpar a la frivolidad de su madre de que su relación con Ash había durado sólo tres años porque el matrimonio más largo de su madre –de cinco que había tenido–, apenas había durado nueve meses. Quería ser diferente de su madre, ser mejor que ella y marcar distancias entre los problemas de su madre y el suyo propio.

Miró la única foto que tenía con su madre, encima de la cómoda. En ella se veía a Melody con trece años, aunque su cuerpo parecía el de una niña de diez, flacucha, escuchimizada y desgarbada junto a la voluptuosa y despampanante figura de su madre. La infancia y adolescencia las pasó en un insignificante segundo plano, prácticamente invisible, hasta que empezó la universidad y compartió piso con una chica que trabajaba como monitora de educación física. Tuvo que someterse a un entrenamiento largo y exhaustivo, pero al cabo de un año ya podía presumir de sus curvas y los hombres empezaron a fijarse en ella.

Su cuerpo era el cebo perfecto, y la adicción al sexo era lo único que mantenía el interés del género masculino. ¿Qué otro motivo podría tener un hombre para estar con alguien como ella? Era lista e ingeniosa, pero no la típica chica que sólo pensara en divertirse. Desde siempre había preferido quedarse en casa leyendo o estudiando que ir desmelenándose de una fiesta en otra.

Por esa misma razón había congeniado tan bien con Ash. Él la mantenía económicamente y ella se ocupaba de todo lo demás, pudiendo estudiar Derecho y hacer otras cosas sin tener que preocuparse de llevar un sueldo a casa. No le importaba en absoluto cocinar, limpiar o poner la lavadora. Llevaba haciéndolo toda su vida, pues su madre jamás se había ocupado de las tareas domésticas… no fuera a romperse una uña.

Lógicamente, el trato incluía mantenerlo sexualmente satisfecho, y en eso Melody era una auténtica maestra. Pero en los últimos seis meses sentía que Ash se estaba alejando de ella. Por muy atrevida, apasionada o complaciente que se mostrara en la cama, él parecía tener la cabeza en otra parte cuando hacían el amor.

El retraso en la regla no la sorprendió ni asustó. Ash le había dejado muy claro que era estéril, por lo que nunca usaban protección. Pero cuando los pechos y el apetito empezaron a aumentarle, supo que estaba embarazada incluso antes de hacerse la prueba. Ash era un buen hombre y haría lo correcto por su riguroso sentido de la responsabilidad, pero ¿de verdad quería ella atarse a un hombre que no quería ser padre ni marido?

Si abandonaba a Ash tendría que dejar también la carrera de Derecho, aunque hacía bastante tiempo que había perdido todo interés por sus estudios. Pero le faltaba el coraje para decírselo a Ash. Había invertido tanto en su formación que sería muy humillante decirle que no había servido para nada.

Y así siguió hasta que un día, estando en la ducha mientras pensaba en su próximo paso, Ash entró con una cámara de vídeo. Melody estaba demasiado cansada, física y emocionalmente, para interpretar el papel que se esperaba de ella, y en cualquier caso ya no le encontraba ningún sentido. La decisión estaba tomada. Tres años jugando a ser la mujer perfecta la habían llevado al límite de sus fuerzas; no quería seguir impresionándolo.

Pero cuando Ash se metió en la ducha y empezó a tocarla y besarla con una ternura que nunca había demostrado hasta entonces, Melody se derritió. Y cuando hicieron el amor, sintió que por primera vez en su farsa de relación Ash veía y valoraba a la verdadera Melody. Se permitió creer entonces que, en el fondo, muy en el fondo, Ash tal vez la amara.

Durante dos semanas no supo qué hacer. Albergaba la esperanza de que Ash se alegraría al saber lo del bebé, hasta que un día él volvió del trabajo despotricando contra Jason Reagert, a quien habían obligado a casarse y tener un hijo no deseado para ascender en su carrera. Al oír como se vanagloriaba de tener una mujer que respetara sus límites, Melody supo que sus fantasías nunca se harían realidad.

Todo había acabado. Era el momento de marcharse.

Metió el resto de sus cosas en la maleta, salvo los vestidos de fiesta y la lencería sexy. No los necesitaría en el lugar al que iba. Y en cualquier caso no le valdrían al cabo de unos meses. A sus veinticuatro años, su vida se reducía a dos maletas y una bolsa de viaje. Pero eso iba a cambiar. Dentro de poco tendría un hijo al que querer, y tal vez algún día encontrase a un hombre que la apreciara por lo que realmente era.

Llevó el equipaje a la puerta y agarró el bolso de la encimera de la cocina. Se cercioró de que seguía conteniendo los seis mil dólares que durante tres años había ahorrado para una ocasión como aquella.

Tenía un bloc y un bolígrafo preparados para escribirle una carta a Ash, pero no sabía qué decirle. Podría darle las gracias por todo lo que había hecho por ella, pero ¿acaso no se lo había agradecido ya lo suficiente? Podría decirle que lamentaba lo que estaba haciendo, pero estaría mintiendo. No lo lamentaba en absoluto. Al fin y al cabo, le estaba dando a Ash la libertad que él tanto necesitaba. En unas pocas semanas habría encontrado a una sustituta y ella sólo sería un recuerdo lejano.

Agarró las maletas y abrió la puerta, echó un último vistazo a su alrededor y se alejó para siempre de aquella vida.

Capítulo Uno

Abril

Asher Williams no era un hombre al que le gustase esperar, y la verdad era que rara vez tenía que hacerlo cuando quería algo. Pero al contratar los servicios de un detective privado le habían advertido que encontrar a una persona desaparecida podría llevar bastante tiempo. Y más aún si la persona en cuestión no deseaba que la encontrasen. Ante semejante perspectiva, resignado a esperar, lo sorprendió recibir una llamada del detective tan sólo dos días después.

Estaba en una reunión y generalmente no respondía al móvil en la oficina, pero al ver el número del detective en la pantalla no pudo menos que hacer una excepción. Tenía el presentimiento de que podían ser muy buenas noticias, o muy malas.

–Disculpadme un momento –les dijo a sus colegas, y se levantó del sillón para alejarse hacia el otro extremo de la sala–. ¿Alguna novedad? –preguntó, y entonces oyó las palabras que había estado esperando.

–La he encontrado.

En aquel instante se sintió invadido por una desconcertante mezcla de alivio y rencor.

—¿Dónde está?

—Se aloja en Abilene, Texas.

¿Qué demonios estaba haciendo en Texas?

No importaba. Lo esencial era devolverla a casa, y el único modo de hacerlo era ir en su busca. Estaba convencido de que, con un poco de persuasión, podría hacerle ver que se había equivocado al abandonarlo y que él sabía lo que era mejor para ella.

—Estoy en una reunión. Te llamo en cinco minutos —cortó la llamada y volvió junto a sus colegas—. Lo siento, pero tengo que irme. No sé cuánto tiempo estaré fuera, pero espero que no sean más que unos días. Os avisaré cuando sepa algo más.

El desconcierto reflejado en los rostros lo dijo todo. En todo su tiempo como gerente de Maddox Communications, Ash nunca había faltado a una reunión, nunca había llegado tarde al trabajo, nunca había pedido una baja por enfermedad y no recordaba la última vez que se tomó unas vacaciones.

De camino a su despacho le pidió a su secretaria, Rachel, que no le pasara ninguna llamada y que cancelara todos sus compromisos para la próxima semana.

Los ojos de Rachel se abrieron como platos.

—¿Para toda la semana?

Ash cerró la puerta de su despacho y se dejó caer en el sillón. La cabeza le daba vueltas con todo lo que tenía que hacer mientras marcaba el número del detective.

–Me dijiste que tardarías meses en encontrarla. ¿Estás seguro de que se trata de la auténtica Melody Trent?

–Completamente seguro. Tu novia sufrió un accidente de coche. Por eso la encontré tan rápido.

Melody Trent no era su novia. En realidad, era su amante. Un cuerpo que le calentaba la cama después de un largo día de trabajo. Él le había pagado sus estudios de Derecho y sus gastos de manutención a cambio de una compañía libre de compromisos. Como a él le gustaba.

–¿Está herida? –preguntó. Como mucho, esperaba que sólo hubiera sufrido algunas magulladuras. De ninguna manera estaba preparado para oír lo que le dijo el detective.

–Según el informe de la policía, hubo una víctima mortal y el conductor, tu novia, sufrió una fuerte colisión.

A Ash se le revolvió el estómago.

–¿Cómo?

–Ha estado ingresada en el hospital un par de semanas.

–Has dicho que hubo una víctima. ¿Qué ocurrió exactamente?

Se levantó y se puso a caminar de un lado para otro mientras el detective lo ponía al corriente de los detalles. No eran muchos, pero sí mucho peores de lo que jamás se hubiera imaginado.

–¿Hay cargos contra ella?

–Por suerte, no. La policía lo archivó como un

10

accidente. Pero eso no significa que no haya una demanda civil.

Ya se ocuparían de eso cuando llegara el momento.

—¿Cómo está Melody? ¿Sabes algo de su estado?

—En el hospital sólo me dijeron que estaba estable y que únicamente pueden darle más información a su familia. Pregunté si podía hablar con ella y me dijeron que no recibía llamadas, lo que en lenguaje médico podría traducirse como que se encuentra inconsciente.

Desde que Melody lo abandonara, Ash se había pasado las horas pensando en su regreso, imaginándose como se arrastraba a sus pies para suplicarle perdón. Al menos ya sabía por qué no lo había hecho, pero tampoco le servía de consuelo. Y nada ni nadie iba a impedir que descubriera la verdad.

—Supongo que su familia seré yo…

—¿Vas a hacerte pasar por un primo lejano o algo así?

—Claro que no —necesitaba algo más creíble. Algo que pudiera demostrar.

Tenía que ser el novio de Melody.

Al día siguiente Ash tomó el primer vuelo a Dallas y en el aeropuerto alquiló un coche para dirigirse a Abilene. Había llamado al hospital la tarde anterior y había concertado una cita con el médico responsable de Melody. Al parecer, Melody había recuperado el conocimiento y estaba fuera de peligro, pero ésa fue la única información que pudo obtener por teléfono.

Cuando entró en el hospital se dirigió directamente hacia los ascensores, sin detenerse en el mostrador de recepción. Hacía tiempo que había aprendido que si se mostraba firmeza y resolución en esos lugares, nadie intentaría impedir el paso. Aunque, mientras subía a la tercera planta descubrió que, lejos de sentirse seguro y decidido, estaba más nervioso de la cuenta. ¿Y si Melody no quería regresar con él?

Claro que volvería con él. Su precipitada marcha había sido una imprudencia y sólo era cuestión de tiempo hasta que se diera cuenta de su error. Además, ¿adónde podía ir para recuperarse de sus heridas? Melody lo necesitaba, quisiera admitirlo o no.

Se detuvo en la sala de enfermeras y preguntó por el doctor Nelson, quien apareció a los pocos minutos.

–¿Señor Williams? –lo saludó, estrechándole la mano. En su tarjeta de identificación se leía «Neurología», por lo que Melody debía de haber sufrido daños cerebrales. Aquello explicaba que hubiera estado inconsciente, pero ¿significaría entonces que sus heridas eran más graves de lo que Ash se había imaginado? ¿Sería posible que nunca se recuperara por completo?

–¿Dónde está mi novia? –preguntó, sorprendido por el pánico que despedía su voz. Tenía que mantener la compostura, pues de lo contrario sólo conseguiría empeorar las cosas. Sobre todo si Melody les decía que él no era su novio.

Se tomó un segundo para calmarse y adoptó un tono mucho más sereno.

–¿Puedo verla?

–Naturalmente, pero ¿le importa que hablemos antes?

Ash quería ver a Melody cuanto antes, pero siguió al médico hasta una pequeña sala de espera junto al ascensor. La sala estaba vacía, salvo por el televisor del rincón que emitía un programa de variedades. El médico se sentó y le indicó a Ash que hiciera lo mismo.

–¿Qué sabe del accidente? –le preguntó el doctor Nelson.

–Me han dicho que el coche volcó y que murió una persona.

–Su novia es una mujer muy afortunada, señor Williams. Estaba conduciendo por una carretera secundaria, apenas transitada, cuando tuvo el accidente. Pasaron varias horas hasta que alguien pasó y la vio. La trajeron hasta aquí en helicóptero, pero si el equipo médico de urgencia no la hubiera atendido allí a tiempo, habría sido demasiado tarde para salvarla.

Ash se estremeció por dentro. La idea de que Melody hubiera estado a punto de morir, atrapada y sola, le resultaba horriblemente surrealista. Tal vez estuviera furioso con ella por haberlo dejado, pero seguía importándole.

–¿Cuál es el alcance de sus heridas?

–Ha sufrido un hematoma subdural.

–¿Por un traumatismo craneal?

El médico asintió.

–Hasta hace dos días estaba en un coma inducido.

–Pero ¿se recuperará?

–Esperamos que sí.

El alivio que lo invadió fue tan intenso que, de no haber estado sentado, sus piernas no habrían podido sostenerlo.

–Aunque me temo que hay algo más –añadió el médico con expresión sombría.

Ash frunció el ceño.

–¿De qué se trata?

–Lamento decirle que ha perdido al bebé.

–¿Qué bebé? –preguntó Ash. Melody no tenía ni iba a tener a ningún bebé.

El médico parpadeó con asombro.

–Lo siento. Pensaba que usted sabía que estaba embarazada.

¿Melody embarazada? ¿Cómo era posible, si él se había quedado estéril por la radioterapia que recibió de niño?

–¿Está seguro?

–Completamente.

La única explicación era que Melody lo hubiera estado engañando con otro. El nudo que se le formó en la garganta le impedía respirar. ¿Por eso lo había abandonado? ¿Para estar con su amante, el padre de su hijo?

Y él, como un imbécil enamorado, había ido tras ella para convencerla de que volviera a casa.

Su primer impulso fue levantarse, salir del hospital y no volver a acercarse a Melody nunca más. Pero su cuerpo se negaba a moverse. Tenía que verla, aunque sólo fuera una última vez. Tenía que saber por qué lo había traicionado, después de todo lo que había hecho por ella. Al menos Melody podía tener la decencia y el coraje de ser sincera con él.

El médico parecía sorprendido, y no sin razón, de que el supuesto novio de su paciente no supiera nada del embarazo. Pero Ash no se sentía obligado a darle explicaciones.

–¿De cuánto estaba? –le preguntó.

–Creemos que de catorce semanas –respondió el médico.

–¿Creen? ¿Es que no lo ha dicho ella?

–No le hemos dicho nada del aborto. En estos momentos sería muy perjudicial para su recuperación.

–Entonces ¿ella cree que sigue embarazada?

–No sabía que estaba embarazada cuando sufrió el accidente.

Ash frunció el ceño. Aquello no tenía ningún sentido.

–¿Cómo que no lo sabía?

–Lo lamento, señor Williams, pero su novia padece amnesia.

Unos dedos invisibles atenazaban el dolorido cerebro de Melody. Era como si un torno se estuviera introduciendo de manera lenta e imparable en su cráneo.

–Es la hora de los calmantes –anunció la enfermera, apareciendo junto a la cama como si Melody la hubiese invocado mentalmente.

O tal vez hubiera pulsado el botón de llamada. No lo recordaba. Todo le seguía pareciendo un poco borroso, pero el médico le había dicho que era perfectamente normal. Sólo necesitaba tiempo para que se disiparan los efectos de la anestesia.

La enfermera le tendió un vaso de plástico lleno de pastillas y un vaso de agua.

–¿Puedes tomarte esto, cariño?

Sí, podía, pensó Melody. El agua fría le sentaba bien contra el escozor de la garganta. Sabía cómo tragar pastillas, cepillarse los dientes y manejar el mando a distancia. Podía usar un cuchillo y un tenedor y también leer las revistas del corazón que le llevaba la enfermera.

Entonces, ¿por qué no podía recordar ni su propio nombre?

No sólo eso. No recordaba absolutamente nada, ni siquiera el accidente de coche que parecía haber sido la causa de su estado actual. Era como si le hubieran arrebatado todos los recuerdos de la vida anterior a ese accidente.

El neurólogo lo atribuía a una amnesia postraumática, y cuando Melody quiso saber cuánto duraría, la respuesta no fue precisamente alentadora.

–El cerebro es un órgano muy misterioso del que apenas sabemos nada –le había dicho–. La amnesia podría alargarse una semana, o un mes. Incluso existe la posibilidad de que sea permanente. Tendremos que esperar.

Pero ella no quería esperar. Quería las respuestas ahora. Todo el mundo le decía que había sido muy afortunada. Aparte del golpe en la cabeza había escapado casi ilesa del accidente, sin huesos rotos ni heridas graves que le dejaran cicatrices imborrables. Pero cuando cambiaba de canal en la televisión en busca de sus programas favoritos y no reconocía ninguno, o cuando se tomaba la comida sin saber qué platos eran de su agrado, no se sentía muy afortunada. En realidad, se sentía condenada. Como si Dios la estuviera castigando por algo horrible que hubiera hecho pero de lo que no podía acordarse.

La enfermera examinó la botella de suero y anotó algo en la gráfica.

–Pulsa el botón si necesitas algo.

Respuestas, pensó Melody mientras la enfermera se alejaba. Sólo quería respuestas.

Se llevó la mano a la cabeza y palpó la línea de puntos sobre la oreja izquierda, donde le habían perforado el cráneo para aliviar la presión que provocaba la hinchazón del cerebro. La habían salvado al borde de la muerte, pero Melody se preguntaba a qué vida la habían devuelto. No tenía parientes vivos, ni hermanos, ni hijos, ni recuerdos de haber estado casada. Tampoco se acordaba de sus amigos o colegas, y nadie había ido a visitarla al hospital. ¿Significaba eso que siempre había estado tan… sola?

Su dirección estaba en San Francisco, California… donde quiera que estuviera California… a tres mil kilómetros del lugar del accidente. Era desconcertante que pudiera reconocer palabras y números, mientras que las fotos de la ciudad donde supuestamente había vivido tres años no le decían absolutamente nada. ¿Qué había estado haciendo tan lejos de casa? ¿De vacaciones, tal vez? ¿Iba de camino a visitar a unos amigos? De ser así, ¿por qué no se habían preocupado por ella cuando no se presentó a la cita?

¿O podría tratarse de algo más siniestro?

Al despertar del coma había vaciado su bolso con la esperanza de hallar algún recuerdo en su contenido. Su sorpresa fue mayúscula cuando, aparte de una cartera, un cepillo, varios pintalabios y una lima de uñas, encontró un grueso fajo de billetes. Rápidamente lo devolvió al bolso antes de que alguien lo viera. Esperó hasta la noche para contarlo y resultaron ser cuatro mil dólares.

¿Estaba huyendo de alguien? ¿Había cometido algún delito? ¿Tal vez se había golpeado la cabeza en los aseos de una gasolinera? Pero si así fuera, ¿por qué no la había detenido la policía?

Tenía que haber una explicación lógica, pero por si acaso, no le contaría a nadie lo del dinero y mantuvo el bolso anudado a su muñeca todo el tiempo.

Oyó voces en el pasillo y estiró el cuello para ver quién hablaba. Había dos hombres junto a la puerta de su habitación. El doctor Nelson, su médico neurólogo, y otro hombre al que no reconoció. No era nada extraño, teniendo en cuenta que no reconocía a nadie.

¿Podría ser otro médico? En los dos últimos días había visto a muchos de ellos. Pero había algo en él, en su forma de moverse y expresarse, que lo hacía diferente del personal del hospital. Aquel hombre era alguien importante. Alguien con un gran poder.

Lo primero que se le vino a la cabeza fue que se trataba de un inspector de policía. Tal vez la policía había visto el dinero en su bolso y habían enviado a alguien a interrogarla. Pero enseguida se percató de que un funcionario público no podía costearse un traje tan caro. No sabía por qué sabía que aquel traje costaba una fortuna, pero el instinto le decía que podía reconocer la ropa de diseño, aunque no se acordara de las marcas. Tampoco se le pasó por alto lo bien que le quedaba el traje al hombre. Sin duda estaba hecho a medida.

El hombre escuchaba con atención al médico y asentía de vez en cuando. ¿Quién podía ser? ¿La conocía a ella? Seguramente, porque de lo contrario ¿qué estaba haciendo allí?

Se giró hacia ella y la pilló mirándolo. Sus ojos se encontraron y a Melody le dio un vuelco el corazón al apreciar su atractivo físico. Era alto y delgado, de rasgos marcados y angulosos, y ojos claros y penetrantes. Parecía un personaje de televisión o de las revistas del corazón.

El hombre le dijo unas palabras al médico, sin dejar de mirarla, y entonces entró en la habitación y caminó directamente hacia la cama. Un aura de autoridad precedía sus pasos. Fuera quien fuera, sabía lo que quería, y parecía estar dispuesto a lo que hiciera falta para conseguirlo.

–Tienes visita, Melody –dijo el doctor Nelson, que también había entrado en la habitación.

19

El hombre permaneció en silencio junto a la cama, observándola con aquellos ojos de color verde, tan únicos e intensos como el resto de su persona. Parecía estar esperando a que ella dijera algo, pero Melody estaba cada vez más confusa.

El doctor Nelson se colocó al otro lado de la cama y Melody agradeció su reconfortante presencia, porque el severo escrutinio de aquel desconocido no la ayudaba a tranquilizarse.

–¿Te resulta familiar? –le preguntó el doctor Nelson.

Melody negó con la cabeza. El hombre era muy agradable a la vista, pero no recordaba haberlo visto antes.

–¿Debería?

Los dos hombres intercambiaron una mirada.

–Melody… –dijo el doctor Nelson con voz serena y tranquilizadora–, es Asher Williams. Tu novio.

Capítulo Dos

Melody negó enérgicamente con la cabeza. No sabía por qué, pero se negaba a aceptar lo que el médico le estaba diciendo. Tal vez fuera el modo en que aquel desconocido la miraba, como si el accidente hubiera sido un desaire para él. ¿No debería mostrar alivio, al menos, al ver que estaba viva? ¿Por qué no lloraba de alegría? ¿Por qué no la estrechaba entre sus brazos?

—No, no lo es —dijo Melody.

El médico frunció el ceño, y el supuesto novio pareció sorprenderse.

—¿Recuerdas algo? —preguntó el doctor Nelson.

—No, pero lo sé. Este hombre no puede ser mi novio.

La tensión invadió la habitación como un olor nauseabundo. Nadie parecía saber qué hacer o qué decir.

—¿Sería tan amable de dejarnos a solas, doctor? —preguntó el novio impostor. Melody sintió una punzada de pánico. No quería quedarse a solas con él.

—Preferiría que se quedara —se apresuró a decir.

—La verdad es que debo ver a otros pacientes —dijo el médico. Le dedicó una sonrisa de ánimo a

21

Melody y le dio una palmadita en el brazo–. La enfermera está al final del pasillo, por si necesitas algo.

No era muy alentador. ¿Qué sabían de aquel hombre? ¿Habían confirmado de quién se trataba o simplemente se habían fiado de su palabra? Podría ser un violador, un asesino, un criminal que acosaba a las mujeres inocentes que padecían amnesia. O peor aún, quizá fuera la persona a la que ella le había robado el dinero. Tal vez estuviera allí en busca de venganza.

Apretó el bolso contra el costado, bajo las sábanas, hasta que casi lo tuvo debajo de ella.

Las palabras «nunca te muestres asustada» sonaron en su cabeza. No tenía ni idea de dónde ni cuándo las había oído antes, pero era un buen consejo y decidió seguirlo. Levantó la cabeza mientras el hombre agarraba una silla y la arrastraba hasta el costado de la cama. Se quitó la chaqueta y la colgó en el respaldo antes de sentarse. No era muy grande ni musculoso, pero de todos modos irradiaba una energía abrumadora, incluso estando quieto.

El hombre acercó la silla a la cama y Melody dio un respingo involuntario.

–No debes tenerme miedo –le dijo él.

–¿De verdad esperas que me crea que estamos comprometidos? –preguntó ella–. Podrías ser cualquiera.

–¿Tienes tu carné de conducir?

–¿Por qué?

Él se metió la mano en el bolsillo trasero de sus pantalones y Melody volvió a ponerse tensa.

–Tranquila. Sólo voy a sacar mi cartera. Mira la dirección que aparece en mi carné de conducir.

Lo primero que advirtió Melody al abrir la cartera fue que no contenía fotos, y lo segundo, la gran cantidad de dinero en metálico. Y sí, la dirección de su carné de conducir era la misma que figuraba en el de él. Ni siquiera tuvo que comprobarlo, porque el día anterior la había leído mil veces por lo menos, con la esperanza de recuperar alguna imagen visual de su casa. Cosa que, naturalmente, no consiguió.

Le devolvió la cartera al hombre y él se la guardó de nuevo en el bolsillo.

–Eso no prueba nada. Si de verdad somos novios, ¿dónde está mi anillo de compromiso? –levantó la mano para que él pudiera ver su dedo desnudo. Un hombre tan ostensiblemente rico como él le habría comprado a su novia el diamante más grande de la joyería.

El hombre se metió esta vez la mano en el bolsillo de la camisa y sacó un estuche. Lo abrió y Melody se quedó sin respiración al ver el enorme y refulgente anillo de diamantes.

–Se soltó una de las puntas y hubo que llevarlo al joyero.

Se lo tendió a Melody, pero ella negó con la cabeza. No estaba lista para aceptar aquella historia, aunque ¿qué hombre le compraría un anillo tan caro a una mujer si no fuera su novia?

–Quizá deberías quedártelo por el momento… –sugirió.

–No, me da igual que me creas o no –replicó él.

Se levantó de la silla y le agarró la mano con una decisión abrumadora–. Esto te pertenece a ti.

El anillo se deslizó fácilmente en su dedo. Encajaba a la perfección. Tal vez sólo fuera una coincidencia, pero cada vez resultaba más difícil no creer las explicaciones que se le ofrecían.

–También tengo esto –dijo él. Se sacó un montón de fotos del bolsillo interior de la chaqueta y se las dio, antes de volver a sentarse.

Las fotos eran de Melody y de aquel Asher. En cada una de ellas aparecían sonriendo, riendo o… Melody tragó saliva… en situaciones mucho más íntimas.

Sintió que le ardían las mejillas y vio como Asher esbozaba una media sonrisa.

–He incluido algunas de nuestra colección personal, para que no te quede ninguna duda.

En una de las fotos Asher estaba en calzoncillos, y la imagen de su cuerpo desnudo y fibroso le provocó a Melody un inesperado hormigueo en el estómago. Tal vez fuera un recuerdo, o quizá una reacción puramente femenina a la vista de un hombre tan atractivo.

–También tengo vídeos –añadió él. Por la expresión de sus ojos no hizo falta preguntarle de qué clase de vídeos hablaba–. Pero son tan atrevidos que no me pareció apropiado traerlos al hospital.

Melody no se imaginaba a sí misma como el tipo de mujer que permitiera que la fotografiasen o grabasen en vídeo mientras practicaba el sexo con un hombre en el que no confiara plenamente.

Tal vez Asher Williams fuera realmente su novio...

Lo primero que sospechó Ash cuando el médico le dijo que Melody padecía amnesia fue que ella estaba fingiendo. Pero no encontró ninguna razón lógica por la que Melody tuviera que fingir que no lo conocía. Además, nadie en una condición física tan deplorable podría simular una expresión de perplejidad como la de Melody cuando el médico le dijo que Ash era su novio.

Aunque, por otro lado, Melody había sido muy hábil al ocultarle su embarazo y la aventura que tenía a sus espaldas.

Después de todo lo que había hecho por ella, después de mantenerla, de pagarle la universidad, de colmarla de tarjetas de crédito para saciar su avaricia, de preocuparse durante tres años de que no le faltara de nada... ¿cómo había sido capaz de traicionarlo?

Igual que su ex mujer, de la que Asher tampoco llegó a sospechar hasta que fue demasiado tarde. Al parecer no había aprendido la lección. Y aunque su primera reacción había sido olvidarse de Melody para siempre, se lo había pensado mejor.

En aquella ocasión, tendría su venganza.

Se valdría de la farsa del compromiso para llevarse a Melody a casa. Conseguiría que se enamorara de él, que volviera a depender de él, y entonces la traicionaría con la misma crueldad con que

ella lo había traicionado. Y sin el menor remordimiento.

–¿Qué estaba haciendo en Texas yo sola? –le
preguntó Melody, quien aún no parecía del todo
convencida.

Ash ya había previsto aquella pregunta y tenía
la respuesta preparada.

–Estabas haciendo un viaje de investigación.

–¿Investigación de qué?

–Para un trabajo de la universidad.

–¿Voy a la universidad? –aquello sí que pareció
sorprenderla.

–A la Facultad de Derecho.

–¿En serio?

–Te queda un año para graduarte.

Melody frunció el ceño y se frotó la sien.

–No puedo graduarme si no recuerdo nada de
lo que he aprendido.

–Me da igual lo que digan los médicos –le dijo
él mientras le agarraba la mano. Esa vez Melody
no pareció acobardarse–. Recuperarás la memoria.

La sonrisa de agradecimiento de Melody casi
hizo que le remordiera la conciencia.

Casi.

–Confío en ti, Melody –le dijo, apretándole la
mano.

–¿Cuánto tiempo he estado fuera?

–Unas semanas –mintió él–. Empecé a preocuparme por ti cuando dejaste de responder al
teléfono. Intenté localizarte yo mismo, pero no
te encontraba por ninguna parte. Estaba muy

preocupado, Mel. Temía que te hubiera ocurrido algo malo y que… y que nunca más volviera a verte –la angustia que despedía su voz le parecía sincera a él mismo, y desde luego también a Melody–. La policía no hacía nada, de modo que contraté a un detective privado.

–Y aquí estás.

Él asintió.

–Y aquí estoy. Y me gustaría abrazar a mi novia, si ella me lo permite…

Melody se mordió el labio y extendió los brazos con una expresión de emoción y gratitud en los ojos. Se había tragado el anzuelo, el sedal y la caña.

Ash se levantó de la silla y se sentó en el borde de la cama. Cuando la estrechó en sus brazos y ella se apretó contra él, tan cálida, suave y frágil, sintió una especie de alivio o satisfacción, pero enseguida se recordó lo que había pasado y tuvo que contenerse para no apartarse de ella. Debía interpretar el papel de novio enamorado y cariñoso hasta el final.

Ella apoyó la cabeza en su hombro y le rodeó el cuello con los brazos. A Asher le resultaba tremendamente familiar, pero se preguntó cómo debía de ser para ella abrazar a un extraño. Una parte de él quería compadecerse de ella, pero Melody se lo había buscado por sí sola. Si no lo hubiera engañado, si no hubiera huido, nunca habría tenido aquel accidente y todo seguiría siendo normal.

Notó que Melody había perdido peso y masa muscular. En su edificio había un gimnasio y Melody siempre había estado obsesionada con mantenerse en forma. Tal vez su deteriorado aspecto fuese un duro golpe para su ego, aunque sin memoria era poco probable que tuviese ego. Esperó a que ella se apartara, pero Melody lo abrazó con más fuerza y Asher se dio cuenta de que estaba temblando.

–¿Estás bien? –levantó una mano para acariciarle el pelo.

–Estoy asustada –murmuró. Melody nunca lloraba. En los tres años que habían pasado juntos Asher sólo recordaba haber visto sus ojos humedecidos en dos ocasiones, pero en aquel momento le parecía que tenía la voz trabada por las lágrimas.

–¿De qué tienes miedo? –le preguntó mientras le acariciaba el pelo y la espalda. Fingía consolarla, pero en el fondo pensaba que Melody tenía lo que se merecía.

–De todo –respondió ella–. Me asusta todo lo que desconozco y todo lo que tengo que aprender. ¿Y si nunca más…? –sacudió la cabeza contra el pecho de Asher.

Él la apartó para poder mirarla a la cara. Al igual que él, Melody era una luchadora que siempre se esforzaba al máximo por conseguir lo que quería. Fue lo primero que lo atrajo de ella. Pero en aquellos momentos parecía tan pálida y abatida que Asher se endureció para no sentir lástima.

Ella sola se lo había buscado.

–¿Si nunca más qué?

–¿Y si nunca más vuelvo a ser la que era? ¿Qué pasará con mi vida? ¿Qué persona voy a ser?

No la traidora que había sido antes del accidente, desde luego. Asher se encargaría de ello, para que ningún otro hombre volviera a sufrir la misma humillación que él.

Una lágrima resbalaba por la mejilla de Melody, y Asher la detuvo con la yema del pulgar.

—¿Por qué no te concentras en recuperarte? Te prometo que todo saldrá bien.

Melody ladeó la cabeza y suspiró. Parecía estar desesperada por creerlo, y tal vez lo creyera, porque había dejado de temblar.

—Tengo sueño.

—No me extraña. Has tenido una mañana muy movida. ¿Por qué no te tumbas y descansas un poco?

Estaba realmente exhausta, física y mentalmente. Asher la ayudó a recostarse y la arropó igual que su madre había hecho con él cuando era niño y sufría las horribles secuelas de la radioterapia. Cada noche estaba a su lado para arroparlo y besarlo, a pesar de tener dos, y a veces hasta tres trabajos para poder mantenerlos.

Asher enfermó de cáncer con trece años, pero las facturas médicas eran igualmente desorbitadas. Su padre era demasiado vago y alcohólico para trabajar, por lo que toda la responsabilidad recayó en su madre. Debido a las deudas, no podía permitirse las visitas anuales a los especialistas de medicina preventiva. Cuando a ella también le diagnosticaron el cáncer, el tumor se había extendido a la mayoría de sus órganos vitales. La noticia ahogó definitivamente a su padre en la bebida y le tocó a Ash hacerse cargo de ella.

Murió ocho meses más tarde, apenas una semana después de que Ash se graduara en el instituto. Durante muchos años Ash se sintió responsable de su muerte. Si él no hubiera tenido cáncer, habrían podido detener a tiempo el de su madre.

El día del funeral Ash le escribió a su padre para decirle que nunca más quería volver a verlo. Unos años después su tía le comunicó que su padre había fallecido de cirrosis hepática. Ash no fue a su funeral.

Para entonces estaba viviendo en California. Iba a la universidad y, al igual que su madre, trabajaba en dos o tres sitios distintos para poder mantenerse. A pesar de ello, su expediente académico era casi perfecto. Al graduarse, se casó con su novia de la facultad y entró a formar parte de Maddox Communications. Le parecía estar viviendo el sueño americano, pero desgraciadamente las cosas no siempre eran lo que parecían.

El día que le ofrecieron el puesto de gerente, que debería haber sido uno de los días más felices de su vida, descubrió que su mujer tenía una aventura. Ella se defendió alegando que lo hacía porque se sentía sola. Ash trabajaba tantas horas que nunca tenía tiempo para ella. Aunque, naturalmente, no tenía reparos en gastarse todo el dinero que él ganaba. Por no decir que cuando Ash estaba en casa, las «jaquecas» de su mujer eran la excusa más recurrente. La situación era tan irónica que Ash se la habría tomado a guasa de no haber estado hundido. El suyo nunca fue un matrimonio especialmente apasionado, pero él creía que eran felices. No lo eran, y lo peor era que él nunca había sospechado nada.

Pensó que había acabado con las mujeres para siempre, pero unos meses después del divorcio conoció a Melody. Era joven, hermosa y apasionada. Los dos tenían orígenes humildes y los dos estaban decididos a triunfar. Habían empezado a salir en abril, y en la última semana de mayo, cuando a ella le cumplía el contrato de alquiler, Ash le sugirió que se quedara con él hasta que encontrase otro lugar. Ella accedió, y ya no volvió a marcharse.

Desde entonces parecían tener un acuerdo tácito. Ella se ofrecía sin reservas y a cambio él le proporcionaba estabilidad económica. No había sentimientos por medio, no se hablaba de compromiso ni matrimonio y no había preguntas ni reproches cuando Ash volvía tarde del trabajo.

A veces tenía la impresión de que él había conseguido la mejor parte del trato. No sólo tenía a una amante a su disposición las veinticuatro horas del día, sino que además la estaba ayudando a salir adelante. Si su madre hubiera recibido una ayuda semejante, alguien que velara por todas sus necesidades, tal vez aún seguiría viva.

Al ayudar a Melody le rendía homenaje a su madre. Era un tributo a su fuerza y coraje, y tal y como él lo veía, Melody también la había traicionado a ella.

Bajó la mirada y se dio cuenta de que se había quedado dormida. Durante varios minutos permaneció observándola, preguntándose qué motivos había tenido para serle infiel. ¿Cuándo había cambiado de opinión y decidido que quería algo más de lo que ambos compartían? ¿Y por qué no se lo había dicho a él? Si realmente quería marcharse, él habría respetado su voluntad. No lo habría hecho de buena gana, y por supuesto habría intentado convencerla de que no lo hiciera, pero al final la habría dejado marchar. Sin ataduras.

–¿Cómo está? –preguntó alguien, y Ash se giró para ver al doctor Nelson en la puerta.

–Durmiendo.

–Quería pasarme a verla una vez más antes de marcharme.

–No hemos hablado de cuándo podré llevármela a casa. Me gustaría ir haciendo los preparativos.

El médico le hizo un gesto para que saliera al pasillo.

–Si continúa mejorando a este ritmo, supongo que dentro de una semana o diez días.

–¿Tanto? Parece estar recuperándose muy rápido.

–Ha sufrido graves daños cerebrales, aunque no se vean a simple vista –se detuvo un momento antes de continuar–. Cuando dice llevársela a casa, ¿se refiere a California?

–Claro.

–En su estado es totalmente imposible subirla a un avión.

–¿Ni siquiera al avión privado de mi empresa?

–Sufrió una hemorragia cerebral. El cambio de presión podría matarla. Tampoco es que me guste la idea de que viaje tantos kilómetros por carretera, pero supongo que no hay otra opción.

Tres mil kilómetros en un coche los dos juntos... Tampoco a Ash le seducía mucho la idea. Su intención era llegar a casa antes de que Melody empezara a recuperar la memoria, en caso de que la recuperara alguna vez.

–¿Cuánto tiempo podría tardar en recuperar la memoria por completo?

–No puedo darle una respuesta, señor Williams. Puede ser un proceso lento y traumático. Alégrese de su evolución hasta el momento, porque hará falta tiempo y paciencia.

Por desgracia, a Ash no le sobraba ni una cosa ni otra.

–Pero aunque no recuperase los recuerdos –añadió el médico–, no hay nada que les impida vivir juntos y felices.

En realidad, sí que había algo que lo impedía. Lo recordara o no, Melody lo había traicionado. Y era el momento de que recibiera una dosis de su propia medicina.

Pero para ello había que despejar antes el terreno.

Capítulo Tres

Cuando Melody volvió a abrir los ojos, Ash no estaba en la habitación. Por un momento tuvo la aterradora sensación de que todo había sido un sueño, pero entonces levantó la mano y sintió un alivio inmenso al ver el anillo de diamante.

Era real.

Pero ¿dónde se había metido Ash? Se apoyó en los codos y vio la nota que le había dejado en la bandeja.

He ido a por tus cosas. Volveré más tarde.
Besos.
Ash

Se preguntó adónde iría a por sus cosas y llegó a la conclusión de que debía de estar alojada en un hotel cuando tuvo el accidente. Pero de eso hacía más de dos semanas. ¿Los hoteles se quedaban con las cosas que abandonaban sus clientes?

Esperaba que sí. Tal vez hubiera algo entre sus pertenencias que le devolviera la memoria, y quería saber algo más sobre esa investigación de la que había hablado Ash. No porque no lo creyera, sino porque había algo raro en todo aquello.

Si lo que Ash decía era cierto y ella sólo estaba de viaje de estudios, ¿por qué tenía cuatro mil dólares escondidos en el forro del bolso? ¿Intentaba sobornar a alguien en busca de información? ¿Se había metido en algo ilegal e intentaba ocultárselo a su novio? O peor aún, ¿y si la persona de la que intentaba escapar era Ash?

Era una idea absurda. En las fotos se podía apreciar que eran muy felices. La expresión de enojo que le había visto al entrar en la habitación se debía a que ella no lo recordaba, nada más. Al fin y al cabo, ¿a quién le gustaría que su novia lo hubiera olvidado todo? ¿Y que encima esa persona exigiera pruebas sólidas de la relación? Debía de ser un golpe muy duro.

Pero para ella también estaba siendo duro. La noticia de que estudiaba Derecho debería haberle provocado alguna emoción, o al menos curiosidad. Pero no sentía nada. Era como si le hablasen de la vida de otra mujer. Y en cierto modo así era.

Estaba segura de que recuperaría la memoria en cuanto volviera a casa y retomase su rutina. Ash podría decirle lo que más le gustaba hacer, entre otras muchas cosas.

Oyó pisadas en el pasillo y se animó al pensar que se trataba de Ash, pero era la enfermera.

–Ya veo que te has despertado –le dijo con su alegría habitual–. ¿Cómo te encuentras?

–Mejor –respondió sinceramente Melody. Aún tenía muchas dudas, pero al menos ya sabía que tenía un sitio adonde ir cuando saliera del hospital. Y que había alguien esperando para cuidarla.

–He visto a tu novio –dijo la enfermera mientras comprobaba el suero–. Es muy guapo, aunque supongo que no podría ser de otro modo.

–¿Por qué?

–Porque tú eres muy bonita.

–¿Lo soy?

La enfermera se echó a reír.

–Pues claro que lo eres.

Lo decía como si fuera lo más evidente del mundo, pero la primera vez que Melody vio su reflejo al despertar le pareció estar viendo a una desconocida. Ni siquiera se detuvo a pensar si era guapa o no.

–He oído que estás estudiando Derecho –siguió la enfermera–. Nunca me lo habría imaginado.

–¿Por qué no?

–No sé… Supongo que no te pareces en nada a una abogada. Los abogados son todos unos prepotentes.

Melody no se atrevió a preguntar cómo era ella.

–¿Necesitas alguna cosa? –le preguntó la enfermera cuando acabó de anotar las observaciones pertinentes en la hoja.

Melody negó con la cabeza.

–De acuerdo. Avísame si necesitas algo.

La enfermera se marchó y Melody se quedó pensando en lo que había dicho. ¿Y si realmente no estuviera hecha para ser abogada? ¿Significaría eso que todos sus años de estudio no habían servido para nada?

Por otro lado, ¿qué sabía la enfermera de ella?

No iba a planificar el resto de su vida basándose en el comentario de una persona que ni siquiera la conocía. Tal vez sólo necesitara recuperar sus viejas costumbres para volver a sentirse como una abogada.

O tal vez el accidente la había cambiado para siempre.

Fuera como fuera, no tenía sentido preocuparse ahora por ello. El médico le había dicho que debía concentrarse en su recuperación y nada más, porque cuanto antes volviera a su vida antes recuperaría la memoria. Y mientras tanto, con un novio como Ash para cuidar de ella, todo saldría bien.

En el depósito de la policía de Abilene, Ash contemplaba lo que quedaba del Audi de Melody con un nudo en el estómago y las rodillas temblándole. Al fin comprendía por qué todo el mundo decía que tenía suerte de estar viva.

El coche no sólo estaba totalmente destrozado, sino que apenas era reconocible. Ash sabía que había volcado, pero no que hubiera recorrido tantos metros hasta chocarse contra un árbol. El lado del pasajero estaba hecho trizas. Si el impacto hubiera sido por el lado del conductor, Melody no habría sobrevivido. Mel siempre conducía con la capota plegada, pero aquel día debía de haber estado lloviendo y gracias a la capota se salvó de partirse el cuello. Aunque sólo por poco, porque también la capota estaba aplastada y prácticamente desprendida.

Odiaba a Melody por lo que le había hecho, pero no le desearía un accidente así ni a su peor enemigo. Según el informe de la policía había intentado dar un volantazo al ver a un ciclista, pero por desgracia fue demasiado tarde.

Ash se acercó al lado del conductor y enseguida vio lo que estaba buscando. Intentó abrir la puerta, pero estaba atascada. Apartó la capota con una mano y con la otra consiguió sacar las llaves del contacto. Apretó el botón para abrir el maletero, pero no hubo suerte y tampoco lo consiguió con la llave. Si había algo en el maletero, Melody iba a tener que prescindir de ello.

Se giró para marcharse, pero lo pensó mejor y sacó algunas fotos con el móvil. Ya se había enviado el parte a la compañía de seguros, pero nunca estaba de más quedarse con algunas pruebas.

Al volver a su coche alquilado, introdujo en el GPS la dirección que le había dado el detective y siguió las indicaciones hasta una casa a quince minutos del hospital. Era muy pequeña y el barrio dejaba bastante que desear. ¿Cómo podía cambiar Melody un ático de lujo por aquella chabola? ¿Para estar con su amante, quizá? De ser así, aquel tipo debía de ser un fracasado en la vida. Aunque si Melody había ido allí para estar con él, ¿por qué su amante no había ido a verla al hospital?

Era lo que Ash se disponía a averiguar.

No había ningún coche aparcado frente a la entrada y las cortinas estaban corridas. Caminó con decisión hasta la puerta y abrió con la llave. Lo primero que lo recibió fue un soplo de aire frío impregnado con el olor a comida podrida. Podía suponer que Melody vivía sola, pues nadie soportaría un hedor semejante.

Se protegió la boca y la nariz con un pañuelo y atravesó un pequeño salón con muebles anticuados de saldo. Encendió las luces y abrió las ventanas de camino a la cocina, y allí vio el paquete de carne picada junto a un fogón más viejo que él. Melody debía de haber sacado la carne de la nevera para cocinarla antes del accidente.

Abrió la ventana de la cocina y metió el paquete en el congelador. Estaba seguro de que el contenido de la nevera debía de ser igualmente aterrador, pero como ni él ni Melody iban a volver a aquella casa no había ninguna necesidad de comprobarlo.

No había nada más destacable en la cocina, de modo que siguió explorando el resto de la vivienda. La encimera del cuarto de baño estaba llena de artículos de aseo, todos ellos irreconocibles para Ash –él y Melody no compartían cuarto de baño– pero sí inconfundiblemente femeninos. Examinó el botiquín y el armario bajo el lavabo y no encontró ninguna prueba de que allí hubiera vivido un hombre.

A continuación pasó al dormitorio. Allí encontró más muebles viejos y horteras, entre ellos una cama deshecha. Era extraño, porque en casa Melody siempre lo tenía todo ordenado e impecable. En el armario y los cajones vio ropa de aspecto familiar, pero nada que sugiriera compañía masculina. Ni siquiera una caja de preservativos en la mesita de noche. Al principio de su relación él y Melody siempre tenían una a mano, pero pronto renunciaron a la protección. Eran monógamos y él era estéril, así que no había necesidad de usar nada.

Era evidente que Melody no había usado protección con su otro amante, porque de lo contrario no se habría quedado embarazada. A Ash no se le había ocurrido hasta ahora, pero pensó que lo mejor sería hacerse la prueba del sida y de otras enfermedades venéreas. Melody había puesto la salud de ambos en riesgo. Un detalle más para tenérselo en cuenta.

Registró la habitación palmo a palmo, pero no encontró lo único que estaba buscando. Estaba a punto de marcharse cuando se le ocurrió dónde podía estar. Apartó el edredón y, bajo una nube de polvo, vio el ordenador de Melody.

Jamás se le hubiera ocurrido traicionar la confianza de Melody mirando en su ordenador. Respetaba escrupulosamente su intimidad, igual que ella respetaba la suya. Pero Melody había renunciado a aquel privilegio al traicionarlo. Además, la información que contuviera aquel ordenador podía ser la única pista sobre la identidad del nuevo amante de Melody y la explicación de su repentina marcha.

Ash quería comprobarlo inmediatamente, pero no podía aguantar más el mal olor y aún tenía que recoger las cosas de Melody. La mayor parte de su ropa la enviaría por correo y dejaría una pequeña bolsa en Texas.

Miró su reloj y se dio cuenta de que tendría que darse prisa si quería volver al hospital antes de que acabaran las horas de visita. Estaba agotado y nada le apetecía más que ir al hotel y darse una ducha caliente, pero tenía que cumplir con el papel de novio atento y generoso.

Guardó las cosas en las maletas que encontró en el armario del dormitorio y las metió en el maletero del coche. Al volver al hospital se encontró a Melody durmiendo. No había comido nada desde el sándwich que se tomó por la mañana antes de subirse al avión, de modo que optó por un restaurante situado a pocas manzanas en vez de comer en la cafetería del hospital. No era el Ritz, pero la comida era decente y Ash sospechó que sería su lugar habitual para comer en los próximos siete o diez días Al regresar al hospital, Melody había despertado y estaba sentada en la cama. Su alivio y entusiasmo por volver a verlo eran evidentes.

–Temía que no volvieras.

–Te dije en mi nota que volvería más tarde. Sólo tenía que ocuparme de unas cosas –agarró una silla para acercarla a la cama, pero ella le indicó que se sentara junto a ella.

Tenía mucho mejor aspecto que antes. Los ojos le brillaban y tenía más color en las mejillas. Al sentarse a su lado, Ash notó que tenía el pelo mojado.

–Me han permitido darme una ducha –le explicó ella–. Me ha sentado de maravilla… Y quieren que mañana empiece a caminar para recuperar la fuerza en las piernas.

–Eso es bueno, ¿no?

–La enfermera ha dicho que cuanto antes pueda moverme por mí misma, antes podrán darme el alta –le agarró la mano y él no tuvo más remedio que permitírselo–. Me muero de ganas por volver a casa. Estoy segura de que allí empezaré a recordarlo todo.

Ash confiaba en que aún tardara un poco en recordar.

–Estoy seguro de ello –le dijo.

–¿El hotel había guardado mis cosas? –le preguntó ella en tono esperanzado.

–¿El hotel?

Melody frunció el ceño.

–Supuse que me estaba alojando en un hotel mientras hacía mi investigación.

Ash se maldijo a sí mismo por bajar la guardia. Lo último que quería era despertar sospechas.

–Sí, así es. Por un momento pensé que habías recordado algo. Y sí, habían guardado tus cosas. Tengo tu maleta en el coche. Me la llevaré a mi hotel hasta que te den el alta.

–¿Y qué hay de mi investigación? ¿Había papeles, apuntes o algo así?

–No, pero sí estaba tu ordenador portátil.

Los ojos de Melody se iluminaron de entusiasmo.

–¡En el ordenador tiene que haber algo que me permita recordar!

–Ya me lo figuraba, pero al encenderlo me pide la contraseña. Así que, a menos que la recuerdes… –vio como la excitación de Melody se apagaba rápidamente–. Te diré lo que haremos. Cuando volvamos a San Francisco le pediré al equipo informático de la empresa que le eche un vistazo. Quizá puedan acceder al contenido.

–Está bien –aceptó ella, pero sin poder disimular su decepción.

La verdadera intención de Ash era llamar al equipo lo antes posible y que lo guiaran por teléfono para entrar en el sistema operativo. Sólo después de haber sacado cualquier información relativa al bebé, a la aventura sentimental o cualquier dato personal que pudiera devolverle la memoria, dejaría que Melody recuperase su ordenador.

Sería mucho más sencillo formatear el disco duro, pero eso parecería demasiado sospechoso. Ash no había pensado en hablarle del ordenador portátil, pero era lógico que, siendo estudiante, Melody tuviera uno.

Podría haberle mentido diciéndole que el ordenador se había destruido en el accidente, pero ya era demasiado tarde para eso.

–¿Puedes hacerme un favor? –le preguntó ella.

–Claro.

–¿Me cuentas algo de mí?

–¿Como qué?

–Mi familia, mis amigos, de dónde vengo… Lo que sea.

La verdad era que, a pesar de haber vivido juntos tres años, Ash no sabía mucho sobre Melody. Nunca le había hablado de sus amigos o compañeros de clase, en caso de que los tuviera, y no sabía en qué empleaba el tiempo cuando no estaba en la facultad, aparte de preparar la comida, limpiar la casa y salir de compras. O bien guardaba muy celosamente su intimidad, o bien Ash nunca había tenido el suficiente interés para preguntárselo.

–Tu madre murió antes que tú y yo nos conociéramos –le dijo–. De cáncer de ovario, creo. Me dijiste que nunca conociste a tu verdadero padre y que tuviste cinco o seis padrastros.

–Vaya, ésos son muchos padrastros… ¿Dónde crecí?

Ash se esforzó por recordar lo que Melody le había contado cuando se conocieron.

–En todas partes. Me dijiste que tu madre viajaba mucho, y que a ti no te gustaba.

Igual que a él tampoco le habían gustado muchas cosas de su infancia. El cáncer ni siquiera era la peor de ellas. Pero no estaba de humor para compartirlas. Además, Melody ni siquiera sabía que él había tenido cáncer de niño. Físicamente se conocían a la perfección, pero apenas sabían nada el uno del otro.

Así lo había querido Ash. Después del fracaso de su matrimonio renunció a implicarse emocionalmente con nadie más.

Hasta que fue demasiado tarde…

Capítulo Cuatro

La expresión de Melody era la misma que si un abusón le hubiera quitado un caramelo en el patio del colegio.

–Vaya… Parece que he tenido una infancia de pena.

Ash sintió una punzada de remordimiento por haberle dibujado una imagen tan patética.

–Seguro que también hubo cosas buenas –le dijo–. Nunca me hablaste mucho de tu infancia.

–¿Cómo nos conocimos?

El recuerdo hizo sonreír a Ash. De aquello sí se acordaba muy bien.

–En una fiesta de la empresa, en Maddox Communications.

–Ahí es donde trabajas, ¿no?

Él asintió.

–Tú acudiste acompañando a un comercial, Brent no sé qué. Un auténtico idiota. En cuanto te vi junto a la barra, con aquel vestido negro ajustado, ya no pude apartar la mirada de ti. Ni yo ni ningún otro hombre en la sala. Tu acompañante no paraba de pavonearse por estar con la mujer más sexy de la fiesta, pero tú parecías estar contando los minutos para dejarlos plantados a él y su ego. Entonces me sorprendiste mirándote, me miraste de arriba abajo y me dedicaste tu mejor sonrisa.

Los ojos de Melody se abrieron como platos.

—¿Yo hice eso?

—Y tanto que sí —corroboró él, riendo—. No me dejaste otra opción que acudir en tu rescate. Me acerqué a ti y te invité a bailar.

—¿Cómo se lo tomó mi pareja?

Ash sonrió al recordar la expresión de perplejidad e indignación del joven mientras él se llevaba a Mel a la pista de baile.

—No muy bien.

—¿Qué hizo?

—¿Qué podía hacer? Yo era el gerente y él no era más que un empleadillo. Podría haberlo despedido con un simple chasquido de dedos. Aunque si la memoria no me falla, alguien acabó echándolo de la empresa poco después.

—¿Así que bailamos? —preguntó Melody con una expresión soñadora.

—Eso es —Ash había sido la envidia de todos los hombres de la fiesta. En aquel momento se estaba recuperando del divorcio y necesitaba algo para alimentar su ego. No fue hasta más tarde cuando descubrió hasta qué punto iba a ella a levantárselo…

—¿Y después qué pasó?

—Me preguntaste si podías ver mi despacho. En cuanto cerramos la puerta, nos lanzamos el uno sobre el otro.

Ella tragó saliva. Parecía tan escandalizada como intrigada. Y tal vez un poco excitada.

46

–¿Y luego?

–¿No te lo imaginas?

–¿Lo hicimos en tu despacho? –preguntó en voz baja, como si temiera que alguien la oyera–. ¿Nada más conocernos?

Ash sonrió y asintió. Aquélla era la misma mujer que nunca dudaba en decirle lo que quería, cuándo lo quería y cómo lo quería. Para ello empleaba un lenguaje directo y desvergonzado que haría ruborizarse, o palidecer, a muchas mujeres.

–En la mesa, en el sofá, en mi sillón… Incluso de pie contra la ventana con vistas a la bahía.

Melody se puso colorada.

–¿Lo hicimos contra una ventana?

–Siempre has tenido tendencias exhibicionistas –nunca había conocido a una mujer más segura que Melody. Y aunque nunca lo admitiera en voz alta, su naturaleza descarada podía llegar a intimidarlo en alguna que otra ocasión.

Pero eso había cambiado. La impudicia de su mirada había dejado paso a una vulnerabilidad que Ash jamás había visto. Y tenía que admitir que le gustaba. Incluso le ablandaba el corazón. Había ayudado económicamente a Mel durante tres años, pero nunca pensó que ella dependiera de él. Si no se hubieran conocido, Melody se las habría arreglado perfectamente por sí sola.

Ash había olvidado lo que era ser responsable de alguien.

–No puedo creer que me acostara contigo en la primera cita –dijo ella–. ¿Qué debiste de pensar de mí?

–La verdad, con mi divorcio tan reciente aquello fue exactamente lo que necesitaba.

–¿Habías estado casado?

–Durante siete años.

–¿Por qué se acabó?

–Podría decirse que el motivo fue la falta de entendimiento.

–¿A qué te refieres?

–Ella no entendía que yo me pasara horas trabajando en la oficina, y yo no entendía que se acostara con su preparador físico en mi cama.

Melody ahogó un gemido de asombro.

–¿Te engañó con otro?

–Bastantes veces –se preguntó cómo reaccionaría Melody si supiera que ella había hecho lo mismo. Tal vez no en su cama, pero eso era irrelevante. La infidelidad siempre era infidelidad, fuera donde fuera.

Melody le apretó la mano. Ash ni siquiera se había dado cuenta de que se la estaba agarrando, y de repente le pareció una situación demasiado bonita para su gusto.

Se zafó de su agarre y miró el reloj.

–Es tarde. Debería dejarte dormir.

–¿He dicho algo malo? –preguntó ella, visiblemente angustiada–. Porque si te molesta hablar de tu ex podemos hablar de otra cosa.

–No has dicho nada malo. Ha sido un día muy largo. Quizá sea yo el que esté cansado.

–Lo siento. Estoy siendo muy egoísta –se disculpó ella, sinceramente arrepentida–. Ni siquiera me había parado a pensar lo duro que es esto para ti.

–He pasado dos semanas horribles, sin saber dónde estabas –dijo él, lo que sólo consiguió que Melody se sintiera más culpable–. Estaré mejor cuando haya dormido un poco.

–Vamos, vete a dormir –lo animó ella.

–¿Estás segura? Puedo quedarme un rato más, si quieres.

–No, yo también estoy cansada. Quizá vea un poco la televisión antes de dormir.

Ash tuvo la sensación de que le estaba mintiendo, porque Melody no parecía cansada en absoluto.

–Volveré mañana por la mañana –le aseguró, mientras se levantaba de la cama.

–Gracias.

–¿Por qué?

–Por contarme cosas de mí y hacer que me sienta un poco menos perdida. Aunque no haya sido como esperaba…

–No hay de qué –se inclinó y le dio un beso en la frente–. Hasta mañana.

Mientras salía de la habitación oyó como se encendía la televisión. No pudo evitar sentirse culpable por dejarla sola, pero tenía que seguir adelante con su plan.

Al final no necesitó la ayuda de los informáticos de Maddox Communications. Tras cinco o seis intentos averiguó por sí mismo la contraseña del ordenador de Melody. Era la fecha del cumpleaños de Ash.

Lo primero que hizo fue buscar pruebas de la aventura de Melody para borrarlas todas, pero Melody debía de haber sido muy precavida al respecto, pues no encontró ninguna. Ni un número de teléfono, ni una entrada en el calendario, nada que sugiriera que estaba viendo a otro.

En cuanto al bebé, había varias citas con el médico apuntadas en la agenda, y el historial de Internet reveló un montón de visitas a sitios web de tiendas infantiles y prenatales, así como a páginas para madres solteras donde parecía haber llevado el control de su embarazo. Estaba embarazada de catorce semanas y cuatro días cuando tuvo el accidente.

Todo indicaba que su intención era tener al niño ella sola. ¿Sería posible que el padre no fuera más que la aventura de una noche? ¿Algún donante de semen?

Ash revisó las entradas que Melody había escrito con la esperanza de averiguar algo más sobre ese padre anónimo. Pero al cabo de una hora de lectura sólo había descubierto que el padre del bebé no estaba involucrado en el asunto. También advirtió que algunas de las primeras entradas databan de las semanas previas a la desaparición de Mel. Y por el tono de sus palabras parecía muy entusiasmada por la idea de ser madre, lo cual sorprendió bastante a Ash. Melody siempre había sido una mujer muy independiente y centrada en su carrera, y a él nunca le pareció que quisiera formar una familia. Claro que nunca habían hablado del tema. Seguramente porque ella sabía que si quisiera tener hijos no podría ser con él, al menos de una forma natural. Por culpa de su esterilidad,

Ash se había resignado a no tener hijos de ninguna manera.

Lo más desconcertante, sin embargo, fue la carpeta que encontró con las calificaciones académicas de Mel de los cuatro últimos semestres. Las pocas veces que Ash le había preguntado por la universidad ella le aseguraba que todo iba perfectamente, pero sus notas dejaban mucho que desear. Algo muy extraño, pues sabía a ciencia cierta que en su primer año de carrera Melody había conseguido unas calificaciones excelentes.

Era como si hubiese perdido el interés por el Derecho. Pero si así fuera, ¿por qué no le había dicho nada? Cierto era que no hablaban mucho de esa clase de cosas, pero Melody tendría que haber compartido con él esa falta de motivación por sus estudios. Especialmente cuando era él quien se los estaba costeando.

Cuanto más examinaba sus archivos y leía sus emails, más claro tenía que apenas conocía a Melody. La vida que llevaba al margen del dormitorio poco o nada tenía que ver con él. Y aunque así era como él lo había querido, no podía evitar sentir… indignación. Y también enojo consigo mismo por no haberse molestado en conocerla mejor. Tal vez la hubiera apoyado económicamente, pero en el aspecto emocional no podría haber sido más descuidado.

Tal vez su ex tuviera razón y él fuera un hombre demasiado frío y distante que se refugiaba en su trabajo para no enfrentarse a los altibajos de una relación. Y tal vez, al igual que su ex mujer, Melody se había cansado de ese distanciamiento emocional. Se había cansado de estar sola.

Pero eso no era excusa para serle infiel. Si quería algo más, tendría que haberse sincerado con él. Aunque Ash tenía que admitir que no sabía cuál hubiera sido su reacción ante un ultimátum del tipo: o una relación de verdad o Mel se iba con otro. ¿La habría dejado marchar? ¿O se habría decidido a intentarlo?

Tal y como le había prometido, Ash volvió al hospital a la mañana siguiente. En esa ocasión vestía de una manera más informal, con unos pantalones sport y una camisa de seda con cuello de botones. Y llevaba algo a la espalda. Posiblemente flores.

–Vaya, tienes muy buen aspecto hoy –le dijo él, y ella supo que no se lo decía por ser amable, porque la enfermera había dicho lo mismo.

–Me siento muy bien –admitió. Estaba segura de que en gran parte era gracias a él. Hasta el día anterior se había sentido sola y deprimida, como si no tuviera ninguna razón para recuperarse. Pero ahora todo era distinto. Una vida entera la esperaba. ¿Qué más podía pedir?–. Acabo de desayunar y ya estoy impaciente porque llegue el almuerzo. Aunque tengo que decir que la comida deja mucho que desear.

–Hay un restaurante a unas manzanas de aquí. Puedo traerte algo de comer, si a tu médico le parece bien.

–Le pediré a la enfermera que se lo pregunte. Me muero por una hamburguesa con patatas fritas.

–No sabía que te gustaran las hamburguesas y las patatas fritas.

–¿Qué es lo que suelo comer?

–Ensaladas y pollo. De vez en cuando tomas carne roja, pero no más de una vez a la semana. Siempre has cuidado mucho la salud.

–Creo que esperaré a salir del hospital para preocuparme de nuevo por la comida sana... –tal vez no diera una imagen muy sofisticada, pero le daba igual. Comiendo como un pajarito no recuperaría las fuerzas–. ¿Vas a decirme lo que llevas ahí detrás?

–¿Te refieres a esto? –sonrió y le enseñó el ordenador portátil.

–¿Es mío? –preguntó ella. Ash asintió–. Creía que estaba protegido con una contraseña. ¿Ya has hablado con los informáticos?

Ash le puso el ordenador en el regazo.

–No ha hecho falta. Averigüé la contraseña yo solo.

–¿De verdad? –chilló ella con entusiasmo–. ¡Eres mi héroe!

Ash volvió a mirarla como si tuviera monos en la cara.

–¿Qué pasa? –quiso saber ella–. ¿Por qué me miras así?

–Lo siento. Nunca te vi como la clase de mujer que tuviera un héroe. Eres demasiado autosuficiente.

–Pues ahora sí tengo un héroe –replicó ella con una sonrisa–. Y eres tú.

Abrió el portátil y apretó el botón de encendido, aliviada al recordar cómo se hacía. El ordenador le pidió la contraseña y ella miró a Ash.

–Uno, uno, diecinueve, setenta y cinco.

–¿Qué es eso?

–Mi cumpleaños.

A Melody le pareció lógico que usara el cumpleaños de su novio como contraseña. A menos que quisiera ocultarle algo, lo cual no era el caso. Tecleó los dígitos y apareció la pantalla del sistema.

–¡Funciona!

–¿Recuerdas cómo usarlo?

Ella asintió. Al igual que otras muchas cosas, el manejo de un ordenador era algo que le venía de manera natural a la mente. Ojalá la información que contuviera la ayudara a recuperar otros recuerdos más personales.

–Voy a la tienda de regalos a ver si tienen el Wall Street Journal –dijo Ash. Melody asintió sin apenas prestarle atención mientras empezaba a abrir los archivos–. Si no lo tienen, saldré a buscarlo a la calle.

–Muy bien, tómate tu tiempo –respondió ella.

Empezó con el correo electrónico, pensando que los mensajes guardados contendrían la información más útil. Pero había muy pocos y casi todos eran de Ash. Le pareció muy extraño no tener más mensajes, siendo estudiante de Derecho, aunque también era posible que los tuviera en algún servidor externo para mayor seguridad. Sobre todo si guardaban relación con su supuesta investigación académica y convenía tenerlos a buen recaudo.

Lo siguiente que abrió fue el calendario, pero en los últimos meses sólo había anotado la agenda académica, algunas citas con Ash y su viaje de investigación, el cual debería de haber acabado unos días después del accidente. También encontró una cita con un organizador de bodas, a la que no habían asistido, y se dio cuenta de que, no sólo estaban comprometidos, sino que ya habían fijado una fecha. Una fecha que ahora se verían obligados a posponer.

A continuación abrió la carpeta de imágenes, pero apenas contenía fotos. O bien las tenía en un CD o no era una persona muy sentimental. Sólo había fotos de ella y de Ash. Ninguna de sus amigos o compañeros de clase. Y ninguna de su familia. Eso tampoco la sorprendía, ya que al parecer no tenía familia.

En cambio sí tenía muchísima música, pero aunque le gustaron algunas de las canciones no la ayudaron a recordar nada.

Examinó archivo tras archivo, sin suerte. No había nada, ni siquiera en los documentos académicos, que le resultara familiar. Intentó verlo desde un punto de vista racional. Sólo hacía cuatro días que había despertado del coma y el médico le había dicho que necesitaría tiempo. Racionalmente aceptaba su situación, pero emocionalmente quería aporrear la pared más próxima.

—¡Espero que no estés haciendo los deberes! –la

reprendió la enfermera al entrar en la habitación para cambiarle el suero.

Era una observación ridícula, no sólo porque Melody no tenía ni idea del trabajo que le habían encargado, sino que tampoco sabría cómo hacerlo. No recordaba absolutamente nada de lo que había aprendido.

–Sólo estoy mirando las fotos –respondió–. Confiaba en que me ayudaran a recordar algo.

–Es una gran idea. ¿Cómo te va?

–Hasta ahora, nada de nada.

La enfermera colgó una botella de suero y arrojó la vacía a la papelera.

–El doctor Nelson quiere que camines un poco. Pero con ayuda –añadió severamente.

Melody no se atrevería a intentar caminar por sí sola. Había tenido que ducharse sentada y con ayuda de la enfermera. Las piernas aún no podían sostenerla.

–Podemos practicar algunos pasos ahora mismo –sugirió la enfermera.

–¿No podríamos hacerlo después de comer? –preguntó Melody. No quería desprenderse aún del ordenador.

–De acuerdo, pero no lo retrases demasiado. Tienes que fortalecer los músculos.

Melody lo sabía mejor que nadie. Y aunque caminar le supondría un desafío enorme, sabía que podía conseguirlo.

Ash le había dado una razón por la que luchar.

Capítulo Cinco

Después de que la enfermera se marchara, Melody volvió a la carpeta de fotos del ordenador y abrió algunas de ella y de Ash. Aún le costaba reconocerse a sí misma. Era ella, pero no del todo.

Su ropa era cara y le sentaba de maravilla. Debía de seguir una dieta muy sana a juzgar por su esbelta figura, aunque el coma la había dejado bastante demacrada. Parecía que le gustaba enseñar el escote, y con razón, aunque una mirada bajo el camisón del hospital le hizo pensar que quizá usara sujetadores de realce.

En las fotos iba impecablemente maquillada y lucía un peinado estiloso y perfecto que sin duda exigiría horas frente al espejo del baño. Nada que ver con los mechones ondulados que le caían despreocupadamente sobre el rostro. Aquellas fotos le sugerían un carácter bastante vanidoso, pero estaba segura de que sólo representaban una pequeña parte de su vida. ¿A quién no le gustaba tener el mejor aspecto posible en las fotos? Tampoco podía negar que ella y Ash hicieran una buena pareja.

¿Cómo se sentiría él si ella no volviera a ser esa mujer perfecta y glamurosa? ¿Se llevaría una decepción, o amaría a la mujer interior?

Melody esperaba que fuera la segunda opción. De lo contrario, ¿por qué iba a verla al hospital?

—¿Todavía estás con ello? —le preguntó Ash en ese momento. Estaba a los pies de la cama, con un periódico en una mano y una bolsa de papel marrón en la otra.

—¿Ya has vuelto?

—¿Ya? He estado fuera casi dos horas.

—¿De verdad han pasado dos horas? —a ella no le habían parecido más que veinticinco o treinta minutos.

—Tenía que llamar al trabajo y pensé que necesitarías algún tiempo a solas —señaló el ordenador con la cabeza—. ¿Ha habido suerte?

Melody cerró el portátil y negó con la cabeza.

—Lo he examinado todo a fondo y nada me resulta familiar —hizo un gesto a la bolsa que llevaba Ash—. ¿Qué llevas ahí?

—El médico dice que no hay razón para imponerte una dieta estricta, así que… —sacó un recipiente blanco de la bolsa—. Aquí tiene su hamburguesa y sus patatas fritas, señorita.

El olor de la comida la envolvió al instante y la boca se le hizo agua. Ahora sabía por qué estaba comprometida con Ash. Era el hombre más maravilloso de la tierra.

—¡Eres un encanto! —exclamó mientras él dejaba la comida en la bandeja—. Ahora entiendo por qué me enamoré de ti.

Ash la miró extrañado, como si aquellas palabras fueran del todo inapropiadas.

–¿Qué pasa? –preguntó ella–. No me digas que nunca te lo había dicho.

–No es eso. Es sólo que… –sacudió la cabeza–. No esperaba volver a oírlo tan pronto. Pensaba que necesitarías tiempo para llegar a conocerme de nuevo.

–Bueno, lo que he visto hasta ahora me gusta mucho –afirmó ella. Abrió el recipiente y se le hizo la boca agua. Hasta ese momento no se había percatado del hambre que tenía. Agarró una bolsita de ketchup, la abrió con los dientes y vació el contenido sobre las patatas fritas. Ash sacó otro recipiente de la bolsa para él y se sentó junto a Melody en el borde de la cama. Era un sándwich de beicon, lechuga y tomate y ensalada de col.

Las patatas estaban grasientas y saladas, y eran lo mejor que Melody había comido en varios días. O mejor dicho, en toda su vida. Y cuando probó la hamburguesa le pareció que alcanzaba el nirvana.

–¿Cómo van las cosas en tu trabajo? –le preguntó a Ash–. ¿Están disgustados en tu oficina por tu ausencia?

Él se encogió de hombros.

–Me da igual cómo estén. No es asunto suyo.

Melody frunció el ceño.

–No quiero que te despidan por mi culpa.

–Tranquila. No van a despedirme. Soy el mejor director financiero que hayan tenido nunca. Además, saben que si dejara la empresa me iría a trabajar a la competencia. Athos Koteas, el dueño de

Golden Gate Promotions, haría lo que fuera por tenerme en sus filas. Y eso sería nefasto para Maddox Communications.

—No si tu contrato incluye una cláusula de no competencia —observó ella—. Podrían demandarte si fueras a trabajar para una empresa rival, y estoy segura de que lo harían.

Levantó la mirada y vio que Ash se había quedado con el sándwich a medio camino de su boca y que la estaba mirando otra vez con esa expresión de extrañeza.

—¿Qué pasa? ¿Me he manchado de ketchup?

—Mel, ¿te das cuenta de lo que acabas de decir?

Ella rebobinó mentalmente la conversación y se sorprendió de sus propias palabras.

—Estaba hablando como una abogada…

Ash asintió.

—¡Oh, Dios mío! Ni siquiera me he dado cuenta. Me ha salido sin pensar… —esbozó una amplia sonrisa—. ¡Me he acordado de algo!

No era algo especialmente importante ni personal, pero al menos era algo. Intentó recordar algún otro término legal, pero por desgracia la mente se le había quedado otra vez en blanco. Tal vez fuera así el proceso, poco a poco. A ese paso no recuperaría totalmente la memoria hasta que ella y Ash se hubieran jubilado…

—Por cierto —dijo él—. Mi contrato incluía una cláusula de no competencia, pero la borraron cuando me negué a firmarlo.

Tal vez fueran imaginaciones suyas, pero Melody tenía la impresión de que Ash no compartía su alegría por haber empezado a recuperar recuerdos.

Rápidamente apartó aquella sospecha. Por supuesto que Ash quería que volvieran los recuerdos. ¿Qué razón podría tener para desear lo contrario?

Eso era lo que debía descubrir.

Por los pelos, pensó Ash mientras comía con Mel. Llevarle el ordenador aquel día, en vez de esperar a San Francisco, había estado a punto de costarle muy caro.

Lo había agarrado de camino a la puerta cuando salía para el hospital. No le gustaba la idea de dejarlo en la habitación, por miedo a que lo robaran. Pero al subirse al coche comprobó que la temperatura en el interior del vehículo era demasiado alta. Tampoco podía dejar allí el ordenador. No le quedaba otra opción que llevarlo consigo al hospital y, consecuentemente, entregárselo a Melody con el riesgo que suponía para su plan. Afortunadamente, se había pasado casi toda la noche borrando información personal del disco duro, por lo que no era muy probable que el ordenador la ayudara a recuperar la memoria. Y para confundirla, y ganar así un poco de tiempo, había añadido algunas otras cosas. Para darle la impresión de que hacían muchas cosas juntos había introducido algunas entradas sobre asistencias a fiestas y al teatro, cuando en realidad apenas hacían vida social. También había incluido una cita con un organizador de bodas, que supuestamente se habían perdido por culpa de la desaparición de Melody.

La jugada más astuta fue con los archivos musicales. Sabía por experiencia que algunas canciones evocaban sentimientos o recuerdos específicos. Como el nudo que se le formaba en el estómago cada vez que oía *Hey Jude* de los Beatles, la canción que sonaba el día que llegó a casa con la buena noticia de su ascenso y se encontró a su ex en la cama con su entrenador personal.

De modo que eliminó todo el catálogo musical de Melody y lo sustituyó por su propia colección discográfica. A Mel siempre le había gustado la música pop, mientras que él prefería el rock clásico y el jazz. No había peligro de que esa música le refrescara la memoria.

O al menos eso había creído, porque ahora se preguntaba si los recuerdos no se abrirían camino de todos modos.

Intentó no asustarse antes de tiempo. Recordar algunos términos legales no era lo mismo que recuperar recuerdos personales, ni muchísimo menos.

Miró a Melody y vio que había dejado la hamburguesa y las patatas a la mitad.

–¿Ya estás llena?

–¿Hay algo que no me hayas contado? –le preguntó ella–. Algo que no quieras que sepa…

La pregunta lo pilló tan desprevenido que durante unos segundos no supo cómo reaccionar.

–¿A qué te refieres?

Melody apartó la bandeja.

—Tengo la sensación de que me ocultas algo.

Ash tenía dos opciones. Mostrarse indignado, lo que equivaldría a declararse culpable, o fingir que le dolía la acusación.

Eligió la segunda alternativa.

—Por Dios, Mel, ¿de dónde sacas esa idea? Si he dicho o he hecho algo que haya herido tus sentimientos… —se encogió de hombros y adoptó una expresión compungida.

La jugada surtió efecto, porque Melody pareció inmediatamente arrepentida.

—Claro que no. Has sido maravilloso conmigo —le puso una mano en el brazo—. Estoy siendo muy desagradecida después de todo lo que has hecho por mí… Olvida lo que he dicho.

Ash puso la mano encima de la suya y la apretó ligeramente.

—Has sufrido heridas muy graves y has estado dos semanas en coma —le dedicó una amable sonrisa—. No puedo tenértelo en cuenta.

Ella le respondió con una sonrisa de puro agradecimiento, y Ash se sintió fatal por estar engañándola.

«Recuerda lo que te hizo», se advirtió a sí mismo.

Pero una cosa era innegable: Melody no era la misma mujer que había sido antes del accidente. Ella jamás le habría expuesto directamente sus sospechas. La nueva Melody era además mucho más dulce y compasiva, y no ocultaba sus emociones.

Al decirle que estaba enamorada de él, Ash se

había sentido como si… Ni siquiera sabía cómo. Hacía mucho tiempo que nadie le decía algo así. Su mujer y él dejaron de expresarse sus sentimientos mucho antes de la ruptura, y gracias a ello lo que más le dolió fue el engaño y no la separación. Ahora podía ver que su mujer le había hecho un favor al mostrarse como realmente era, pero si él no hubiera sido tan ingenuo lo habría visto por sí mismo.

Aunque Melody creyera que lo amaba, no podía sentirlo realmente. De lo contrario, no lo habría engañado con otro. Además, su relación no se basaba en el amor, sino en el respeto mutuo y el interés. Ella sólo le estaba diciendo lo que se suponía que debía decir. Seguramente daba por hecho que no podía estar comprometida con un hombre al que no amara.

Pero todo eso era parte del plan. Ash quería hacerle creer que estaban enamorados, y al aparecer lo estaba consiguiendo.

Seis días después de que Ash llegara a Abilene, y tras haberle demostrado una considerable mejoría al doctor Nelson, Melody recibió el alta en el hospital. Un auxiliar la llevó en silla de ruedas a la entrada, y un soplo de aire cálido y seco la recibió al abandonar el edificio.

Confiaba en que su casa de San Francisco tuviera un jardín o un balcón, porque después de pasarse tanto tiempo encerrada en el hospital quería pasar mucho tiempo al aire libre. Cerró los ojos y respiró profundamente mientras sentía el sol en la cara. A pesar de que sólo eran las diez de la mañana la temperatura sobrepasaba los treinta grados. El sol brillaba con tanta fuerza que tuvo que protegerse con la mano para ver el coche alquilado de Ash. No reconoció la marca, pero parecía bastante caro.

Ash iba vestido con vaqueros y camiseta, y a Melody no se le pasó por alto el grupo de enfermeras que se le comían con los ojos.

«Mirad lo que queráis, pero es sólo mío».

No podía culparlas por quedarse embobadas mirándolo. Ash ofrecía un aspecto irresistible con aquel atuendo informal. La camiseta realzaba la anchura de sus hombros y revelaba los músculos de sus brazos, y los vaqueros se ceñían impúdicamente a su trasero. Mel se moría de ganas por sentirse bien para tener sexo de nuevo.

Ash la ayudó a pasar de la silla al coche y le abrochó el cinturón, con cuidado de separar el asiento del salpicadero por si acaso saltaba el airbag y le lastimaba su ya delicada cabeza.

—¿Estás lista? —le preguntó.

—Estoy más que lista.

Ash giró la llave en el contacto y el motor se encendió con un rugido. El coche se retiró de la acera y bajó lentamente por el camino de acceso hacia la carretera. Mel estaba con los nervios a flor de piel. Tenía la sensación de que si no se alejaban rápidamente del hospital, el personal médico cambiaría de opinión y saldrían tras ella como si fuera una fugitiva o una enferma mental.

No fue hasta que alcanzaron la carretera y perdieron de vista el hospital que se permitió relajarse por completo. Al fin era libre, y por nada del mundo querría volver a estar encerrada en una habitación.

–¿Te encuentras bien? –le preguntó Ash.

–Ahora sí.

–¿Estás cómoda?

–Mucho –Ash le había llevado la maleta al hospital y ella había elegido unos vaqueros y una camiseta de algodón para empezar el viaje. Intentó encontrar un sujetador que le gustara, pero todos eran de realce o le picaban, así que optó por no ponerse ninguno. Mientras no hiciera frío o no se estirara la camiseta sus pechos quedarían lo suficientemente disimulados. Y además, Ash ya le había visto los pechos muchas veces.

Los vaqueros eran muy cómodos, y aunque al principio le parecieron muy ceñidos, la verdad era que le quedaban ligeramente holgados. De momento se alimentaba más con los ojos que con el estómago, pero el doctor Nelson le había asegurado que recuperaría el apetito.

Para los pies había elegido unas chancletas, que se quitó en cuanto estuvo en el coche y que mantuvo cerca de ella por si las necesitaba.

Aparte de las palpitaciones en las sienes, no podría sentirse más cómoda.

–Si tienes que parar por lo que sea, no dudes en decírmelo –le dijo Ash–. Y si el viaje te parece demasiado largo, nos quedaremos en un hotel.

–Seguro que no hay ningún problema –si fuera posible, le gustaría que no se detuvieran hasta San Francisco. Pero eran veinticuatro horas de carretera y Ash tendría que descansar en algún momento.

Ash tomó la I–20, pisó el acelerador y el coche se lanzó como un cohete entre el tráfico.

–Parece que has alquilado un buen coche –le dijo Melody.

–No lo he alquilado –respondió él–. Es mío.

¿Su coche?

–Creía que habías venido en avión.

–Así es, pero quería que te sintieras lo más cómoda posible en el camino a casa y pedí que me mandaran el coche a Texas. Llegó ayer por la mañana.

Melody no le había preguntado a Ash por su situación económica, pero al parecer los gerentes de las agencias publicitarias de San Francisco ganaban un sueldo más que decente.

–Parece muy caro –dijo–. El coche, me refiero.

–Me gustan los coches buenos.

–Supongo que no tienes problemas económicos…

Ash la miró de reojo.

–¿Me estás preguntando cuánto gano?

–¡No! Claro que no. Es sólo que… vistes ropa cara y conduces un coche caro. Por eso doy por hecho que llevas una vida acomodada.

–La llevo –admitió él con una sonrisa.

Melody sabía que si le preguntaba cuánto ganaba se lo diría sin ningún problema. Pero realmente no le parecía tan importante. Lo más importante era lo maravilloso que había sido con ella durante toda la semana. No se había apartado de su lado más que para ir a buscar comida o hacer algún recado. Estaba junto a su cama en cuanto empezaba el horario de visitas y no se marchaba hasta las diez de la noche. Melody llevaba tanto tiempo sin moverse que su primer paseo fue un doloroso desafío para sus músculos atrofiados. Pero estaba tan impaciente por abandonar el hospital cuanto antes que se empleó a fondo para recuperar sus fuerzas.

Al principio necesitaba que Ash la sujetara para caminar por el pasillo. Era frustrante depender de alguien para algo tan sencillo como dar unos cuantos pasos, pero no se dejó vencer por el desánimo y al día siguiente ya podía caminar con la percha del suero. Se sintió extraña cuando le retiraron el suero, pero no le costó recuperar el equilibrio.

El día anterior el doctor Nelson le dijo que le darían el alta a la mañana siguiente. Ya había hablado de su caso con uno de los mejores neurólogos de San Francisco y Melody iría a verlo en cuanto llegara a casa.

Los párpados empezaban a pesarle por efecto de las pastillas ingeridas antes de salir.

–¿Por qué no echas el asiento hacia atrás? –le sugirió Ash–. La palanca está a la derecha. Hay una almohada y una manta en el asiento trasero.

¡Aquel hombre pensaba en todo!

Melody reclinó el asiento y se colocó la almohada bajo la cabeza. Suspiró y se acurrucó en el cómodo asiento de cuero. Quería permanecer despierta y hablar con Ash, pero los ojos se le cerraban sin remedio y finalmente dejó de luchar. En menos de diez segundos se había quedado profundamente dormida.

Capítulo Seis

Melody despertó y se extrañó al comprobar que no estaba en la cama del hospital. Pero entonces recordó que le habían dado el alta y sonrió, aunque la cabeza le dolía tanto que los ojos se le iban a salir de las órbitas.

–¿Has dormido bien?

Ash estaba a su lado con una botella de refresco en la mano. Se dio cuenta entonces de que ya no se estaban moviendo. Se frotó los ojos.

–¿Por qué nos hemos parado?

–Para comer.

Melody levantó la mirada y vio que habían aparcado en un restaurante de comida rápida.

–Iba a pedir una hamburguesa. ¿Quieres algo?

–No, gracias. La cabeza me duele horrores. ¿Qué hora es?

–Son más de las tres.

¿Había estado durmiendo cinco horas?

–Debe de ser la altura –dijo Ash–. ¿Quieres una aspirina?

Ella asintió y él abrió la guantera para sacar un frasco.

–¿Una o dos?

Una sola pastilla no le daría sueño y le permitiría hacerle compañía a Ash, pero el dolor de cabeza era demasiado acuciante.

–Creo que dos.

Ash las sacó del frasco y se las ofreció junto a su refresco.

–Voy al restaurante. ¿Seguro que no quieres nada?

–Seguro.

Se recostó en el asiento y cerró los ojos. Debió de quedarse otra vez dormida, porque cuando la puerta del coche se abrió se despertó con un sobresalto.

Ash había vuelto con una bolsa de comida. Desenvolvió la hamburguesa en el regazo y dejó las patatas fritas en el posavasos del salpicadero. Unos minutos después, estando de nuevo en la carretera y con el delicioso aroma impregnando el interior del vehículo, el estómago de Melody empezó a rugir.

Tal vez tuviera hambre, después de todo. Cada vez que Ash tomaba un bocado, Melody apretaba inconscientemente la mandíbula y se le hacía la boca agua.

–¿Te gusta verme comer por algo en especial? –le preguntó él.

Melody se dio cuenta de lo intensamente que le estaba mirando.

–Um… No, ¿por qué lo dices?

–No tendrás hambre, ¿verdad?

Se estaba muriendo de hambre, pero no podía pedirle que diera la vuelta y regresara al restaurante.

–Puedo esperar hasta la próxima parada.

–Mira en la bolsa –le dijo él.

Ella obedeció y encontró otra hamburguesa y patatas fritas.

–Sabía que te entraría hambre cuando me vieras comer.

–Otra razón más para quererte –dijo ella, atacando vorazmente su comida.

Sólo pudo comerse la mitad, y dejó el resto para Ash. Los analgésicos empezaban a hacer efecto y pudo dormirse con el estómago lleno. Unas horas después se despertó para ir al aseo en la siguiente parada, y volvió a dormirse en cuanto el coche se puso en marcha. Cuando volvió a abrir los ojos ya había oscurecido y estaban en el aparcamiento de un hotel. Ash estaba de pie fuera del coche, había abierto la puerta de Mel y la sacudía ligeramente por el hombro.

–¿Qué hora es? –preguntó ella.

–Las once. Vamos a pasar aquí la noche.

Trece horas de camino, once horas por delante, pensó Mel. Tal vez al día siguiente a aquella hora estuvieran en casa.

Ash la ayudó a bajar del coche y atravesar el aparcamiento. El largo sueño reparador debería haber recargado sus pilas, pero aún estaba cansada y la cabeza le dolía más que antes. Tal vez el viaje fuera más duro para su cuerpo de lo que había imaginado.

Las maletas ya estaban en la habitación, sobre la cama de matrimonio.

–No les quedaban habitaciones dobles, y no

hay otro hotel por aquí cerca –dijo Ash a modo de disculpa–. Si no quieres compartir la cama, dormiré en el suelo.

Habían compartido una cama tres años, aunque Melody no se acordaba de nada. Tal vez Ash temiera que se sintiera incómoda durmiendo con él hasta que no se conocieran mejor. Era raro estar con él a esa hora de la noche, ya que Ash siempre se marchaba del hospital a las diez. Pero en el fondo resultaba una sensación agradable.

–No me importa compartir la cama –le aseguró ella.

–¿Cómo está tu cabeza?

–Como si fuera a explotar.

Ash le dio dos pastillas y un vaso de agua.

–A lo mejor te sienta bien una ducha caliente.

–Puede ser –se tragó las pastillas y entró en el cuarto de baño, cerrando la puerta tras ella. Sonrió al ver que Ash había dejado su bolsa de aseo junto al lavabo. Realmente no podría cuidarla mejor.

Se quitó la ropa y abrió el agua caliente al máximo, se colocó bajo el chorro y cerró los ojos mientras se apoyaba contra la pared. Al sentir que se tambaleaba hacia un lado dio un respingo y se dio cuenta de que se había quedado dormida en la ducha.

Cerró el grifo y se envolvió con una toalla que olía a lejía. Se cepilló el pelo y los dientes, recogió la ropa sucia y cuando salió del baño vio a Ash tendido en la cama con el mando a distancia en la mano.

–Te toca –le dijo ella.

Ash la miró de arriba abajo y devolvió la atención a la televisión.

–Creía que iba a tener que llamar a la guardia nacional… Has estado un buen rato ahí dentro.

–Lo siento. Me dormí en la ducha.

–¿Quieres que apague la televisión?

–Sí, por favor. Voy a quedarme dormida en cuanto mi cabeza toque la almohada.

Ash la apagó y se levantó de la cama.

–Salgo enseguida –agarró el pantalón de pijama que había sacado de la maleta y se metió en el baño. Unos segundos después Melody oyó el sonido del agua.

Con mucha dificultad consiguió llegar hasta la cama. Había olvidado sacar algo para dormir, y al tener la maleta en el suelo, en el otro extremo de la habitación, no le pareció que el esfuerzo mereciera la pena. Ash ya la había visto desnuda, y si a ella no le importaba seguro que a él tampoco.

Dejó caer la toalla al suelo y se metió bajo las sábanas. Los calmantes empezaban a aliviar la jaqueca.

Medio dormida, oyó que la puerta del baño se abría y que Ash se movía por la habitación. Sintió un movimiento en las sábanas y le pareció que Ash maldecía en voz baja. Hacía mucho tiempo que no sentía la cama hundiéndose bajo su peso, aunque tal vez sólo fuera su cabeza jugándole malas pasadas. El brazo de Ash quedó a menos de un centímetro del suyo y Melody sintió el intenso calor que desprendía.

Volvió a dormirse, y cuando volvió a despertar todo estaba oscuro y sentía algo cálido y suave bajo la mejilla. Era el pecho de Ash. Estaba tendido boca arriba y ella yacía sobre él, como si en algún momento de la noche se hubiera acurrucado contra su cuerpo. Se preguntó si dormirían siempre así. Ojalá, porque le encantaba sentirlo tan cerca.

La próxima vez que se despertó el sol entraba por las cortinas. Aún seguía encima de Ash, con una pierna sobre las suyas. Él la rodeaba con un brazo y tenía la mano posada en su cadera. Las sábanas se habían desplazado hacia abajo lo suficiente para ver el bulto en el pantalón de su pijama. El tamaño era impresionante, y por primera vez desde el accidente Melody sintió la llamada del deseo. De repente volvía a ser consciente de su cuerpo, de sus pezones endurecidos, de la excitación sexual que le hervía la sangre. Sentía el irrefrenable impulso de frotarse contra el cuerpo de Ash. Arqueó la espalda y deslizó la pierna entre sus muslos, rozándole la erección. Él gruñó en sueños y hundió los dedos en la cadera de Melody, avivando aún más su deseo.

Era delicioso que la tocara, pero quería más. Por desgracia, cuanto más aumentaba su excitación más le dolía la cabeza. Respiró hondo para intentar calmarse y asumió que aún faltaba mucho para que su cuerpo pudiera resistir los envites del sexo.

Pero eso no significaba que deseara menos a Ash. No le parecía justo hacerlo esperar. El pobre ya había sufrido meses de abstinencia involuntaria, y Melody le debía un poco de satisfacción por ser tan bueno con ella.

Volvió a mirar el bulto del pijama y se imaginó deslizando la mano en el interior. De repente la asaltó el deseo de tocarlo y complacerlo. Era una necesidad que surgía de lo más profundo de su ser, como un recuerdo borroso y lejano, inalcanzable. No se le había ocurrido hasta ahora, pero tal vez el sexo le refrescara la memoria.

Metió la mano bajo la cintura del pantalón y sintió como Ash se contraía bajo su tacto. Siguió bajando, avanzando con los dedos a través del vello púbico, palpando todo el calor allí concentrado. Estuvo jugueteando unos segundos, preguntándose qué se le estaría pasando por la cabeza a Ash. Aparte de la tensión del abdomen y el ligero meneo de las cejas parecía estar profundamente dormido.

El deseo fue demasiado acuciante y Melody rodeó la erección con la mano. Los meses de abstinencia debían de haber pasado factura, porque Ash estaba duro como una piedra. Y cuando Melody empezó a acariciar el miembro y le pasó el dedo pulgar por la punta lo notó mojado y resbaladizo. No recordaba haber hecho eso antes, aunque estaba segura de haberlo hecho más veces de las que podría contar, pero el instinto le decía qué hacer y cómo hacerlo. Sujetó el miembro con firmeza y mantuvo un ritmo lento y constante, como a Ash le gustaba. Podía ver las pulsaciones en la base del cuello y el movimiento de sus caderas. Levantó la mirada hacia su rostro y le pareció que empezaba a despertar. Quería ver su expresión cuando abriera los ojos.

La respiración de Ash se aceleró y agitó la cabeza de un lado a otro. Sólo necesitaba un pequeño empujón…

Melody le atrapó un pezón con la boca y lo mordió suavemente. Lo justo para excitarlo sin llegar a dejarle una marca. Funcionó. Un gemido ahogado escapó del pecho de Ash y todo su cuerpo se endureció. Los dedos se clavaron en la carne de Melody, antes de relajarse y quedarse completamente flácido.

Mel volvió a mirarlo y descubrió que la estaba mirando. Parecía aturdido y confuso, como si no se hubiera despertado del todo. Bajó la mirada hacia el pantalón, donde Melody seguía agarrándolo. Ella esperó que le sonriera y le dijera lo mucho que le gustaba, pero Ash frunció el ceño y le habló con dureza.

–¿Qué estás haciendo, Mel?

Melody retiró la mano, agarró la sábana y se cubrió. Ash no sabía si estaba enfadada, dolida o ambas cosas. Pero sí sabía que Melody nunca se enfadaba, al menos no con él.

–Creo que las palabras más apropiadas serían «gracias, ha estado genial» –espetó ella.

Sí, definitivamente estaba enfadada.

–Ha estado genial… Al menos la parte en que estaba despierto –lo que no había sido mucho.

La noche anterior, al apartar las sábanas y verla

desnuda, supo que dormir con ella iba a ser una mala idea. Cuando se despertó en mitad de la noche y se la encontró acurrucada contra él, tendría que haberla girado hacia el otro lado de la cama. Pero estaba demasiado cansado y cómodo para hacer nada, y además, le encantaba estar en aquella postura.

Pero lo que no se había esperado era despertar por la mañana y encontrarse con la mano de Melody bajo sus pantalones. Lo habían hecho miles de veces antes del accidente, pero en esas circunstancias sentía que estuvieran violando su intimidad.

Tendría que haber hecho caso a su instinto y haber dormido en el suelo.

—No sé por qué te molesta tanto —dijo ella, indignada y abatida.

—Podrías haberme despertado para preguntarme si quería hacerlo.

—No me pareció que fuera un problema, estando comprometidos.

—No estás lista para el sexo.

—Por eso mismo no espero nada de ti. Me conformaba con darte placer. A la mayoría de los hombres…

—La mayoría de los hombres no esperarían que su novia, quien acaba de sufrir una herida en la cabeza, les masturbara cuando aún están demasiado frágil para devolverle el favor. ¿No te has parado a pensar que podría sentirme culpable?

—Pero has pasado meses sin sexo —arguyó ella, un poco menos enfadada—. No me parece justo.

¿Justo?

—Es cierto, he pasado meses sin tener sexo, ¿y qué? No soy un obseso sexual ni nada por el estilo. Como puedes ver, mis funciones cerebrales siguen intactas.

Melody esbozó una tímida sonrisa.

—No me parecía bien que tuvieras que sufrir por mi culpa. Sólo quería hacerte feliz.

¿Eso era lo que había estado haciendo los tres últimos años? ¿Haciéndolo feliz? ¿Había creído que necesitaba complacerlo constantemente en la cama para mantener su interés? ¿Se consideraba su esclava sexual sólo porque él le pagaba los estudios y le brindaba un estilo de vida con el que muchas mujeres sólo podrían soñar? ¿Y acaso él le había dado motivos para pensar de otra manera?

Para Ash, la relación se basaba tanto en la compañía como en el sexo. Pero ¿cuántas veces en los tres últimos años, cuando ella le ofrecía su cuerpo con total libertad y entusiasmo, él le había propuesto que hicieran otra cosa?

¿Sería ésa la razón por la que lo había engañado? ¿Necesitaba Melody a alguien que la tratara como a un igual en vez de como un simple objeto sexual?

Pues en ese caso, debería habérselo dicho.

—La cuestión es Mel, que yo no sufro. Y aunque sufriera, tú no me debes nada.

—Esta mañana parecías estar sufriendo…

—Mel, soy un hombre. Podría tener diez orgasmos la noche anterior y aun así despertarme con una erección. Es un defecto de fábrica.

Melody sonrió y él le ofreció la mano. Ella tuvo que soltar la sábana, que cayó a su regazo dejando a la vista sus pechos. Era firmes y turgentes, con pezones pequeños y rosados. A Ash le costó toda su fuerza de voluntad no abalanzarse sobre ella. Se dio cuenta de que la estaba devorando con la mirada y levantó la vista hacia sus ojos. Pero ella había visto su expresión y sabía lo que estaba pensando.

—Así que no sufres, ¿eh? —le preguntó con una pícara sonrisa.

—Creo que debemos tomarnos esto con calma —repuso él—. Los dos. Tenemos que esperar a que tu cuerpo esté listo.

—Está bien —accedió ella solemnemente—. ¿Te importa si uso el baño yo primera?

—Adelante.

Melody se levantó de la cama, pero en vez de llevarse la sábana consigo para cubrirse, como él había esperado, se irguió en toda su desnudez. Estaba más delgada que antes, bastante más delgada, pero seguía siendo extremadamente apetecible.

En vez de dirigirse al cuarto de baño, fue hasta su maleta y se inclinó para abrir la cremallera. Estaba a un metro y medio de Ash, de espaldas a él, con las piernas abiertas, ofreciéndole una imagen perfecta de sus suculentas nalgas desnudas.

Ash tragó saliva y tuvo que aferrarse a la sábana para no alargar la mano y tocarle aquellos muslos blancos y suaves, o acercar su boca a las gotas de humedad que brillaban en los pliegues carnosos de su sexo. Se sorprendió a sí mismo lamiéndose los labios con anticipación.

Melody pareció tomarse más tiempo del necesario revolviendo en su maleta. Finalmente eligió la ropa que iba a ponerse y se enderezó. Ash se cubrió rápidamente el regazo para que el bulto del pijama no volviera a delatarlo, pero ella entró en el cuarto de baño sin mirarlo, salvo la rápida sonrisa que le dedicó por encima del hombro.

Si aquella pequeña actuación había sido una especie de venganza por el rechazo anterior, Melody sabía muy bien dónde atacar.

Capítulo Siete

Por culpa de Melody tardaron bastante en volver a ponerse en marcha. Ya le dolía la cabeza al despertar, pero cuando se inclinó para abrir la maleta la sangre se le subió a la cabeza y le produjo un fuerte mareo. Se tomó dos aspirinas antes de vestirse y pensó en echarse mientras Ash se preparaba. Por desgracia, el dolor era tan intenso que cualquier movimiento resultaba una tortura.

La primera reacción de Ash fue llevarla al hospital más cercano, pero ella lo convenció de que sólo necesitaba otra hora de sueño. Le ordenó que se fuera a desayunar y que la despertara cuando volviese.

Pero él la dejó dormir hasta las once y media. En consecuencia, casi era mediodía cuando volvieron a estar en la carretera, por lo que sería imposible llegar a San Francisco aquella noche. Por el lado bueno, consiguió permanecer despierta casi todo el trayecto y disfrutar del paisaje. Ash encendió la radio y de vez en cuando Melody se sorprendía tatareando unas canciones que ni siquiera se daba cuenta de que conocía. Pero si hacía cualquier esfuerzo consciente por recordarlas, el cerebro se negaba a cooperar.

Por la noche, se detuvieron en un área mucho más poblada y Ash logró encontrar un hotel de más categoría con dos camas en la habitación. Pero eso no impidió a Melody volver a dormir desnuda. No lo hacía para irritar a Ash. Realmente le gustaba la sensación de las sábanas en la piel. Y en cuanto a los paseos que se daba desnuda por la habitación… Eso sólo lo hacía para divertirse.

A pesar del acuciante deseo por estar acurrucada contra Ash, durmió profundamente toda la noche y se despertó mejor de lo que se había sentido desde el accidente. Apenas le dolía la cabeza y se zampó hasta la última miga del desayuno. Tal vez lo único que necesitaba para recuperarse por completo era saber que en unas pocas horas estaría en casa.

Ash se pasó un largo rato hablando por teléfono con la oficina. Melody no sabía qué estaban discutiendo, pero el tono de Ash sugería que sus colegas se alegraban de su regreso. Y él también parecía feliz de regresar.

Cruzaron el Puente de la Bahía a la una de la tarde y finalmente llegaron a San Francisco. Las vistas eran preciosas, pero a Melody no le resultaban en absoluto familiares. Al cabo de unos minutos Ash metió el coche en el aparcamiento subterráneo de un viejo almacén reformado, justo enfrente de los muelles.

No le había dicho a Melody que vivían junto al agua.

–Hogar, dulce hogar –dijo él mientras aparcaba junto al ascensor, entre una docena de coches tan lujosos como el suyo.

Melody miró por la ventanilla.

–¿Aquí es?

–Aquí es –confirmó Ash.

–¿En qué piso vivimos?

–En el ático.

–¿Y eso qué piso es?

–El sexto –hizo una breve pausa–. ¿Quieres subir?

Sí y no, pensó Melody. Llevaba esperando con impaciencia aquel momento, pero ahora que había llegado, ahora que regresaba a su vida, estaba muerta de miedo. ¿Y si no recordaba nada? ¿Qué haría entonces? ¿Quién sería?

«Deja de comportarte como una cría», se reprendió a sí misma. El doctor Nelson le había advertido que sería una recuperación lenta y que debía tener paciencia. Pasara lo que pasara, recordara o no, todo iba a salir bien. No se rendiría tan fácilmente.

Se volvió hacia Ash con una sonrisa temblorosa.

–Estoy lista.

Salió del coche y esperó el ascensor mientras Ash sacaba el equipaje del maletero. Al entrar, él introdujo una llave en el panel y pulsó el botón del ático.

–¿Todo el mundo necesita una llave? –le preguntó ella.

Él negó con la cabeza.

–Sólo nuestro piso.

Melody se preguntó por qué, y cuántos otros apartamentos habría en el ático. El mareo que le produjo la subida le impidió preguntárselo a Ash, pero cuando las puertas se abrieron tuvo su respuesta.

Salieron directamente a un pequeño vestíbulo, frente a unas puertas dobles que daban acceso al apartamento. Y no había más apartamentos en el ático. El suyo ocupaba toda la sexta planta, y Melody se quedó sin aliento cuando vio el interior. Toda la vivienda, la cocina, el salón, el comedor… era un inmenso espacio abierto con altos techos y vistas al océano.

Los suelos eran de caoba, tan relucientes que Melody podía verse reflejada en ellos. La cocina disponía de los aparatos más modernos y funcionales. El mobiliario era elegante pero cómodo, y todo, desde las alfombras orientales hasta los apliques de las paredes, rezumaba estilo y calidad.

Por un instante Melody permaneció inmóvil en la puerta, preguntándose si no sería una broma y si Ash la había llevado a casa de otra persona. Si realmente vivían allí, ¿cómo era posible que no lo recordara?

Ash soltó las maletas en el suelo y dejó las llaves en una moderna mesita de alas abatibles junto a la puerta. Echó a andar hacia la cocina, pero se detuvo al ver que Melody no se movía.

—¿No vas a entrar?

—Me dijiste que gozabas de una posición acomodada —dijo ella—. Pero no me esperaba tanto.

Su novio estaba forrado, y tenía un ático con vistas a la bahía.

—¿Por qué no me lo dijiste?

Él se encogió de hombros.

–No me pareció tan importante. Y no quería abrumarte.

–Oh, claro, porque ahora no estoy en absoluto abrumada… –repuso ella en tono irónico. Estaba tan alterada que temió sufrir hiperventilación.

–Supongo que nada te resulta familiar.

–Curiosamente, no. Y tendría que acordarme de todo esto…

–¿Qué te parece si te enseño la casa?

Ella asintió y lo siguió a la cocina mientras miraba por las ventanas. La vista era tan impresionante que no tuvo más remedio que detenerse. Podían verse los barcos y veleros, y una espléndida vista del Puente de la Bahía.

Ash se detuvo junto a ella.

–Bonita vista, ¿eh?

–Es… increíble.

–Por eso compré esta casa. Quería vivir junto al agua.

–¿Cuánto tiempo llevas viviendo aquí?

–La compré después del divorcio. Siempre dijiste que tu lugar favorito era la cocina.

Melody podía ver por qué. Los armarios tenían una base de caoba con puertas de cristal esmerilado, las encimeras eran de granito negro y todos los electrodomésticos eran de acero inoxidable.

–¿Cocino?

–Eres una cocinera excelente.

Melody confiaba en que fuera una de esas cosas que surgían de manera natural.

Detrás de la cocina había un aseo y un lavadero. A continuación pasaron a los dormitorios, situados en el lado derecho del loft. Tres grandes habitaciones, cada una con su baño completo y un enorme armario empotrado. Ash usaba una de ellas como despacho y otra como dormitorio, y le dijo que la tercera era suya.

–¿No compartimos habitación? –preguntó ella, intentando disimular su decepción.

–Siempre has usado ésta como oficina y para guardar tu ropa y tus cosas. Pensé que quizá deberías dormir aquí, hasta que todo se aclare.

Pero ¿y si ella quería dormir con él?

«Sólo está velando por tu salud», se dijo a sí misma. Sabía que si se acostaban en la misma cama estarían tentados a hacer cosas para las que ella aún no estaba preparada.

Entró en el armario y miró sus pertenencias. Camisas, pantalones, vestidos caros… Nada le resultaba familiar.

–¿Y bien? –le preguntó Ash, apoyándose en la puerta del armario.

–Es una ropa muy bonita, pero no la reconozco.

–Acabarás recordándolo todo. Tan sólo tienes que…

–Tener paciencia. Ya lo sé. Y lo intento.

–¿Qué piensas hacer ahora?

–Registrar mis cosas, supongo. Es extraño, pero me siento como si estuviera fisgoneando.

–Si no te importa, voy a ir un rato a la oficina.

¿Apenas llevaban diez minutos en casa y ya la dejaba sola?

–Pero si acabamos de llegar…

–Lo sé, pero sólo serán un par de horas –le aseguró él–. ¿Por qué no te relajas y te vas familiarizando con el apartamento? Y quizá te viniera bien echarte una siesta.

Melody no quería prescindir de su compañía, pero Ash ya se había sacrificado bastante por ella y merecía volver a su rutina. Igual que ella.

–Tienes razón –admitió–. Estaré bien.

–Descansa un poco. Ah, y no olvides pedir una cita con el nuevo médico. La tarjeta está en tu bolso.

–Lo haré enseguida.

Ash se inclinó para besarla en la frente y se giró para marcharse.

–¿Ash?

–¿Sí?

–Gracias. Por todo. Ya sé que ha sido una semana muy difícil para ti, pero te has portado maravillosamente bien conmigo.

–Me alegro de tenerte en casa –respondió él. Le dedicó una sonrisa encantadora y se marchó. Un minuto después Melody oyó el tintineo de las llaves del coche y el sonido de la puerta al abrirse y cerrarse.

Lo primero que hizo fue buscar la tarjeta del médico en el bolso y llamar para concertar una cita. Se la dieron para tres días después, a las nueve de la mañana. Ash tendría que llevarla en coche, lo que supondría robarle más tiempo del trabajo. A lo mejor podría dejarla en el médico y recogerla después, si estaba cerca del trabajo. La recepcionista le dio el nombre de unas cuantas calles, todas irreconocibles, y Melody las apuntó diligentemente para Ash.

Después regresó al dormitorio y pensó en lo primero que debería investigar. Había una mesa y un archivador a un lado de la habitación, y una cómoda al otro. Pero al mirar la cama se le escapó un bostezo tan profundo que los ojos se le llenaron de lágrimas.

Quizá debería descansar primero y dejar la investigación para más tarde. Retiró la colcha y se deslizó entre las sábanas. Eran tan suaves que invitaban a desnudarse, pero sólo iba a dar una cabezada, nada más.

A pesar de las muchas veces que Ash se recordaba lo que Melody le había hecho, empezaba a afectarlo más de la cuenta. Estaba seguro de que si volvía a su rutina laboral podría verlo todo con la perspectiva adecuada, pero mientras subía en el ascensor de la oficina sentía el peso de la culpa en los hombros.

Tal vez fuera una equivocación dejar sola a Melody tan pronto. ¿Acaso habría sido tan terrible esperar hasta el día siguiente para volver al trabajo? Ash necesitaba desesperadamente poner distancia entre ellos, aunque sólo fueran unas horas. Pero ahora que al fin la había dejado, sólo podía pensar en ella. Hiciese lo que hiciese, parecía estar condenado.

Al salir del ascensor no vio a nadie por los pasillos, pero cuando llegó a su despacho fue recibido efusivamente por Rachel, su secretaria.

–¡Señor Williams! ¡Ha vuelto! Creía que no lo vería hasta mañana –rodeó la mesa para darle un cálido abrazo. Normalmente Ash no intimaba con sus empleados, y menos con una mujer, pero Rachel tenía sesenta años, estaba felizmente casada y tenía tres hijos y media docena de nietos. En muchos aspectos era más una madre que una secretaria. Pero por mucho que él le insistía, se negaba a llamar a Ash por su nombre de pila. Rachel pertenecía a la vieja escuela y llevaba en Maddox Communications desde mucho antes de que llegara Ash. Seguramente sabía más del negocio que muchos de los ejecutivos.

–He pensado en venir unas horas y ponerme al día.

Rachel se apartó para mirarlo.

–Parece cansado.

–Tú en cambio tienes muy buen aspecto. ¿Ese peinado es nuevo?

Rachel puso una mueca. Ambos sabían que llevaba el mismo peinado desde hacía veinte años.

–¿Cómo está Melody?

–Recuperándose. Dentro de poco volverá a ser como era.

–Me alegro. Dele saludos míos.

–Se los daré –Rachel sabía que Melody había sufrido un accidente, pero no que padecía amnesia.

Era mejor mantener a Melody al margen de su vida profesional. De esa manera la inevitable ruptura no provocaría ninguna conmoción en la oficina. Cuando los rumores sobre la desaparición de

Melody empezaron a propagarse, Ash tuvo que soportar las irritantes miradas de lástima y muestras de compasión. No le hacía ninguna gracia que la gente metiera las narices en su vida privada, porque aquello era asunto suyo y de nadie más.

—¿Café? —le ofreció Rachel.

—Gracias —respondió él. Necesitaría una buena dosis de cafeína si quería trabajar un rato. La noche anterior había dormido fatal, sabiendo que Mel estaba desnuda a medio metro de su cama. Para empeorarlo todo, se había empeñado en caminar desnuda por la habitación antes de acostarse.

Entró en su despacho mientras Rachel iba a buscar su café. Todo estaba tal y como lo había dejado, salvo la atiborrada bandeja de correos electrónicos. Tendría que pasarse todo el fin de semana poniéndose al día.

Rachel entró a los pocos minutos con un café y una pastita.

—Ya sé que intentas evitar los dulces, pero creo que te vendrá bien el azúcar.

—Gracias, Rachel —llevaba una semana comiendo tan mal que una simple pasta no supondría mucha diferencia. Por suerte, el hotel de Abilene disponía de un gimnasio y Ash lo había aprovechado cada mañana antes de ir al hospital.

—¿Algo más? —le preguntó ella.

Ash sorbió el café y negó con la cabeza.

—De momento no.

—Avísame si necesitas algo —dijo ella, antes de salir del despacho y cerrar la puerta.

Ash suspiró y miró a su alrededor. Le encantaba su trabajo y normalmente encontraba todo su consuelo en la oficina, pero en aquellos momentos sentía que debería estar en otra parte. Con Melody.

Razón de más para no ir a casa.

Llamaron a la puerta mientras mordisqueaba la pastita, y un segundo después Flynn asomó la cabeza en el despacho.

—Veo que nuestro gerente ha vuelto finalmente al redil… ¿Tienes un minuto?

Ash tenía la boca llena y le hizo un gesto para que pasara.

—Oficialmente no regreso hasta mañana, así que en realidad no estoy aquí.

—Entiendo —dijo Flynn, sentándose frente a la mesa—. Después de tu repentina marcha la semana pasada intenté sonsacarle información a Rachel, sin éxito. Incluso llegué a amenazarla con el despido, pero me dijo que este lugar se iría a la quiebra sin ella.

—Y tiene razón —corroboró Ash.

—Por eso Rachel sigue en su puesto, y por eso yo estoy aquí para preguntarte el motivo de tu desaparición. Tus padres están muertos y nunca has hablado de otros parientes, así que no puede tratarse de un asunto familiar. Supongo que tendrá algo que ver con Melody… —hizo una pausa—. Puedes mandarme al infierno, si quieres.

Podría, y ciertamente lo tentaba la idea, pero Ash le debía una explicación a Flynn. No sólo era su jefe, sino también un amigo. Aun así, debía tener cuidado con las explicaciones. Algunos de los clientes de la empresa eran extremadamente conservadores. Si se enteraban de que su amante de tres años lo había abandonado porque estaba embarazada de otro hombre no dudarían en irse a la competencia. Y Golden Gate Promotions, la gran rival de Maddox Communications, se valdría de ello para lanzar sus más despiadados ataques.

No creía que Flynn fuera a irse de la lengua. Al fin y al cabo tenía que velar por la empresa que su padre había levantado desde los cimientos. Pero, por muy nobles que fueran sus intenciones, asuntos como aquél acababan saliendo a la luz. Sin ir más lejos, ya se rumoreaba que Brock, el hermano de Flynn, tenía una aventura con su secretaria. Y seguramente ni Brock ni Elle tenían intención de que se supiera.

De modo que no valía la pena correr el riesgo.

—La he encontrado —le dijo a Flynn.

—Me dijiste que ni siquiera ibas a molestarte en buscarla.

—Sí, bueno, pero empecé a preocuparme cuando pasaron las semanas y ella no volvía a pedirme perdón. Así que contraté a un detective.

—¿Dónde estaba?

—En un hospital de Abilene, Texas.

Flynn frunció el ceño.

—¿En un hospital? ¿Se encuentra bien?

Ash le contó toda la historia. El accidente, el coma inducido, todo el tiempo que se había pasado con ella en el hospital y el largo viaje en coche para evitar subirla a un avión.

Flynn agitó la cabeza con incredulidad.

–Ojalá me hubieras dicho algo. Habríamos podido ayudarte.

–Te lo agradezco, pero no había nada que pudierais hacer. Melody sólo necesita tiempo para recuperarse.

–¿Ahora está en casa?

–Sí, hemos llegado hoy.

–Entonces, ¿quieres decir que volvéis a estar… juntos?

–Va a quedarse conmigo mientras se recupera. Después ya veremos qué pasa.

–Ya sé que no es asunto mío, pero ¿te dijo por qué se marchó?

–Es… complicado.

Flynn levantó una mano.

–Vale, olvídalo. Pero aquí me tienes por si quieres hablar. Y si necesitas unos días más de vacaciones o cualquier otra cosa, no dudes en pedirlo. Sabes que puedes contar conmigo para lo que sea.

Ash no estaba dispuesto a pasarse más días lejos del trabajo, encerrado en su apartamento con Melody.

–Gracias, Flynn. Melody y yo apreciamos mucho tu ayuda.

Flynn se marchó y Ash reprodujo la conversación en su cabeza. No le había mentido a Flynn, pero había omitido unos cuantos detalles. Por el bien de Flynn y el de la empresa.

Su madre solía decirle que las buenas intenciones allanaban el camino al infierno, y Ash tenía a veces la sensación de que ya estaba allí.

Capítulo Ocho

La pequeña siesta de Melody duró hasta las siete y media, cuando Ash volvió a casa. Se despertó más cansada y con más jaqueca que antes, lo cual la desanimó bastante. Ash lo atribuyó al cambio de presión y temperatura de Texas a California, y ella confió en que tuviera razón.

Se tomó dos analgésicos y se sentó con Ash en el comedor a tomar la pizza que él había llevado. Le habría gustado pasar algunas horas juntos, pero las aspirinas empezaron a hacerle efecto y los ojos se le cerraban involuntariamente, a pesar de haberse pasado durmiendo casi todo el día.

—Vamos a llevarte a la cama —decidió Ash, y Melody se dio cuenta de que ya había quitado la mesa.

La ayudó a levantarse y ella dejó que la guiara hasta el dormitorio. Se metió en la cama, vestida y todo, y apenas fue consciente de que Ash la arropaba y la besaba en la frente.

A la mañana siguiente se despertó sintiéndose mucho mejor. Aún le dolía la cabeza, pero era una molestia muy leve y el estómago le rugía de hambre. Con la misma ropa arrugada que el día anterior y el pelo hecho un desastre, recogido con una horquilla que encontró bajo el lavabo, salió del dormitorio en busca de Ash, pero él ya se había marchado al trabajo.

Se sirvió una taza de café y la metió en el microondas para calentarla. No recordaba haberlo hecho nunca, pero sus dedos parecían saber qué botones pulsar. Mientras esperaba buscó algo de comer, y se pasó tres cuartos de hora en el sofá, devorando los restos fríos de la pizza, bebiendo café caliente y viendo un publirreportaje sobre un artilugio de alambre y spandex destinado a realzar los pechos. Melody no se explicaba quién podría estar tan desesperada por la turgencia y firmeza de los senos como para llevar semejante instrumento de tortura.

También se preguntó qué estaría haciendo en ese momento si no hubiera ido a Texas y no hubiera sufrido el accidente. ¿Estaría despatarrada en el sofá, comiendo las sobras de la noche anterior, o estaría haciendo algo más glamuroso, como entrenando con su monitor personal o haciéndose la cera?

¿O quizá estaría en clase? Sólo estaban a mediados de abril, de modo que el semestre aún no había acabado. Se preguntó si le permitirían recuperar las clases perdidas o si tendría que volver a empezar de nuevo. En el caso de que ella quisiera seguir estudiando, naturalmente. De momento no le interesaba mucho volver a hacerlo, aunque eso podía cambiar.

Pero ¿y si tampoco recuperaba el interés por el Derecho? ¿Qué pasaría entonces?

Con ese tipo de inquietudes sólo conseguía que le doliera la cabeza, de modo que dejó de pensar en ello. Se levantó, metió los platos sucios en el lavavajillas, junto a la taza y el cuenco de cereales de Ash, y fue a darse una ducha caliente. Se secó con una toalla grande y suave y permaneció en el armario, intentando decidir qué ponerse. Al igual que los sujetadores que se había llevado al viaje, todas sus prendas parecían de realce o de encaje. ¿Acaso no tenía ningún sujetador cómodo y normal?

Tenía la incómoda sensación de estar rebuscando en el guardarropa de otra persona.

Encontró un cajón lleno de sujetadores deportivos que podrían servirle hasta que renovara su ropa interior. Tal vez le hubieran gustado aquel tipo de sujetadores, y tal vez volvieran a gustarle algún día, pero de momento le resultaban demasiado incómodos y poco prácticos. Lo mismo podía decir de los tangas y la ropa interior de encaje. Gracias a Dios también tenía algunas braguitas de spandex.

Estaba tan acostumbrada a yacer en la cama del hospital con un camisón que la ropa del armario le parecía excesiva para andar por casa. Al cabo de un rato de exhaustiva búsqueda, encontró unos pantalones de yoga de algodón negro y una sudadera de la Universidad de Standford, descolorida y deshilachada.

Como ya estaba en el armario, decidió que podía empezar por allí la exploración en busca de recuerdos. Pero a las diez de la mañana, cuando Ash llamó para preguntar cómo estaba, no había encontrado nada significativo. Tan sólo las típicas cosas que se encontrarían en el armario de cualquier mujer.

Tal vez se estuviera esforzando demasiado y tuviera que renunciar a la búsqueda para que los recuerdos volvieran por sí solos. Pero la idea de pasarse el día sentada sin hacer nada le resultaba insoportable.

Resuelta a seguir intentándolo, pasó a registrar su escritorio. Encontró papeles con su letra que no recordaba haber escrito y un sobre de fotos de ella y de Ash, casi todas sacadas en eventos sociales. No había cartas ni ningún diario personal.

En el archivador encontró un montón de apuntes de la universidad, pero nada relacionado con la investigación que supuestamente había estado realizando en Texas. Al fondo del cajón había un estuche con varios DVDs. Casi todos estaban sin marcar, pero en uno de ellos había una etiqueta escrita a mano: «Cumpleaños de Ash». ¿Sería el vídeo casero de una fiesta de cumpleaños? ¿Le serviría para recuperar la memoria?

Excitada y esperanzada, se llevó el estuche al salón. Le costó unos minutos averiguar cómo se encendía la inmensa pantalla de plasma y el reproductor de DVD y qué mando a distancia se correspondía con cada aparato. Cuando finalmente se sentó en el sofá y le dio al play, descubrió que aquello no era una fiesta de cumpleaños corriente. Para empezar, era una fiesta privada en la que sólo participaban ellos dos, en la cama, semidesnudos…

Obviamente era uno de esos vídeos de los que Ash le había hablado, aunque Melody nunca se hubiera imaginado que hablara en serio. Se sentía como una voyeur que espiara la vida privada de otra mujer. Las cosas que le hacía a Ash y las palabras que salían de su boca hacían que le ardieran las mejillas, pero no podía apartar la mirada. ¿Sería aquello lo que Ash esperaba que hicieran en la intimidad? Porque ella no estaba segura de ser aquella mujer, tan descaradamente sensual y segura de sí misma.

Odiaba a esa mujer, y al mismo tiempo deseaba ser esa mujer.

Cuando acabó el DVD, lo sustituyó por uno de los que estaban sin etiqueta. Era similar al primero y empezaba con ellos dos en la cama. Pero al cabo de unos breves preliminares, Melody desapareció de la pantalla y volvió con cuatro pañuelos de seda de color rojo, que usó para atar a la cama a un Ash muy complaciente.

Aquel DVD le demostró a Melody lo flexible que era. Tanto física como sexualmente. Era un vídeo extremadamente picante y atrevido, pero cuando acabó Melody no se sentía particularmente excitada. Más bien sentía curiosidad. No era que no le gustase ver a Ash desnudo, cuyo cuerpo era una auténtica obra de arte. Pero el sexo en sí mismo le resultaba, odiaba admitirlo, bastante aburrido.

Introdujo un tercer disco y nada más empezar supo que aquél era diferente. Se desarrollaba en el cuarto de baño de Ash, donde él grababa a Melody a través de la mampara de la ducha. Ella se estaba enjabonando, aparentemente sumida en sus pensamientos. Entonces él la llamó y ella pareció sorprenderse al verlo con la cámara. Ash debió de colocar la cámara en un trípode, porque apareció en la pantalla, gloriosamente desnudo, y se metió en la ducha con ella, dejando la mampara abierta.

Los dos se enjabonaron mutuamente, tocándose y acariciándose como si tuvieran todo el tiempo del mundo. A diferencia de los otros vídeos, en aquél se prodigaban los besos. Besos intensos, prolongados, apasionados, que mantuvieron a Melody pegada a la pantalla, lamiéndose inconscientemente los labios.

No parecían tener la prisa de otras veces, no era una frenética carrera hacia el orgasmo. Era una exploración exquisita de sus cuerpos, un paulatino aumento de la excitación en busca del placer compartido. Era como observar a una pareja totalmente distinta. Melody podía imaginarse siendo aquella mujer.

Los dos primeros DVDs habían sido muy eróticos, pero sólo se trataba de sexo, sin la menor emoción. En aquel otro, sin embargo, el vínculo emocional se adivinaba en sus caricias, en sus besos y en sus miradas. Era el vídeo de una pareja enamorada.

Ash la levantó en sus brazos y la presionó contra la pared de azulejos. Sus miradas se sostuvieron y Melody se estremeció al ver la expresión de éxtasis cuando Ash la penetró.

Quería sentir todo aquello. Quería que Ash la

besara y le hiciera el amor. Respiraba con tanta agitación y le ardía tanto la entrepierna que nada le gustaría más que ocupar el lugar de la otra Melody en la pantalla. Estaban haciendo el amor en el puro sentido de la palabra, y no pudo evitar pensar que si Ash estuviera allí ahora mismo...

—Ése es mi favorito —dijo una voz detrás de ella.

Melody chilló y se levantó del sofá tan rápido que lanzó el mando a distancia por los aires. Se dio la vuelta y vio a Ash de pie tras el sofá, con dos bolsas de la compra colgando de la mano y una sonrisa en la cara.

—¡Me has dado un susto de muerte! —le recriminó. Intentó valerse del disgusto para ocultar su vergüenza, pero era inútil. Tenía el rostro como un tomate. Ash la había pillado viendo un vídeo porno... protagonizado por ambos. ¿Qué podía ser más embarazoso?—. ¿Cómo se te ocurre acercarte sin hacer ruido?

—No he sido especialmente silencioso —se defendió él—. Pero tú no me has oído... Y ya veo por qué.

En la pantalla, la otra Melody no dejaba de gemir y jadear mientras Ash la penetraba. El agua y la espuma resbalaban por sus cuerpos enjabonados... Melody agarró el mando del suelo, pero tardó varios segundos en acertar con los botones para detener el DVD y apagar el televisor. Miró de nuevo a Ash y vio que seguía sonriendo.

—¿Qué haces en casa? Sólo son las... —miró el reloj y apenas pudo creerse la hora— tres y cuarto.

¿De verdad se había pasado dos horas viendo vídeos eróticos?

–No hay nada de comer en casa y me he pasado por la tienda a comprar unas cosas. Así no tendrás que salir.

–Oh, gracias.

Esperó algún comentario burlón sobre el vídeo, pero él se limitó a pasar junto a ella y llevó las bolsas a la cocina. Era la primera vez que Melody lo veía con un traje desde que se presentó en el hospital, y tenía que admitir que le sentaba de maravilla. Había algo innegablemente sexy en un ejecutivo con bolsas de la compra. Aunque, teniendo en cuenta lo excitada que estaba en esos momentos, Ash le parecería sexy con un jersey de rombos y pantalones de lunares.

–He encontrado los DVDs en mi archivador –dijo mientras lo seguía a la cocina, aunque él no le había pedido ninguna explicación ni parecía esperar alguna.

Ash dejó las bolsas en la mesa y empezó a sacar el contenido. Leche, huevos, pan, zumo de naranja y fruta y verduras.

–No sabía que estaban allí cuando los encontré –siguió ella mientras metía las cosas en la nevera–. Me llevé una sorpresa cuando puse el primero.

–¿El primero?

Por Dios, parecía que hubiera estado viendo vídeos todo el día.

–El único –mintió, pero era evidente que Ash no la creía. Seguramente porque había visto los otros DVDs en la mesa del salón–. Está bien, tal vez vi un par de ellos...

Él arqueó una ceja.

–Dos y medio. Habrían sido tres si hubiera acabado el que estaba viendo cuando llegaste.

Ash parecía encontrar muy divertida su incomodidad.

–Mel, puedes ver tantos como quieras...

Ella se preguntó si se lo decía en serio.

–¿No te... molesta?

–¿Por qué habría de molestarme?

–Porque tú apareces en ellos, y son muy... muy personales.

–Tú también apareces.

–Sí, pero ésa no soy yo. Es como si fuera otra mujer la que hace esas cosas.

–Te aseguro que eras tú y sólo tú –terminó de vaciar las bolsas y Melody las juntó para arrojarlas al cubo de reciclaje, bajo el fregadero.

–¿El de la ducha es tu favorito?

Él sonrió y asintió, y ella fantaseó con la posibilidad de recrear aquella escena en un futuro cercano.

–El mío también –admitió.

–¿Por qué crees que es tu favorito?

–Supongo que porque parecía más real que los otros.

Ash volvió a arquear las cejas.

–¿Quieres decir que en los otros estabas fingiendo?

–¡No! Claro que no –exclamó ella rápidamente, pero enseguida se dio cuenta de que la observación de Ash no estaba tan desencaminada. En los dos primeros vídeos le faltaba algo, como si todo fuera una simple actuación. Por atrevido que fuera el sexo, no la excitaba ni la mitad de lo que la había provocado el tercer vídeo.

¿Realmente había estado fingiendo en los dos primeros?

—No pareces muy convencida —observó él, mirándola con ojos entornados y los brazos cruzados al pecho—. ¿Estabas fingiendo?

Melody esperaba que no. ¿Qué sentido tenía el sexo si no lo disfrutaba?

—Aunque así fuera no lo recordaría, ¿no crees?

—Un olvido muy oportuno.

Ella frunció el ceño.

—No, no lo es. Al menos para mí.

—Lo siento —alargó una mano y le tocó el brazo—. No quería decir eso.

Melody se obligó a sonreír. Sabía que Ash sólo bromeaba, pero ella estaba demasiado susceptible.

—Ya lo sé. No te preocupes —murmuró mientras terminaba de guardar las cosas.

Ash miró el reloj.

—Maldita sea, se me hace tarde. Tengo que volver a la oficina. Gracias por ayudarme a guardar las cosas —entonces frunció el ceño—. Espera un momento…

Se acercó al frigorífico y lo abrió para observar las bandejas y compartimentos, como si hubiera olvidado algo. Lo cerró y miró en el armario bajo el fregadero, y lo mismo hizo en la despensa.

—¿Te das cuenta de lo que has hecho? —le preguntó a Melody.

Por la expresión de su cara no debía de ser nada bueno, pensó ella.

–No. ¿He puesto algo en un sitio equivocado?

–Al contrario, Mel. Lo has puesto todo en su sitio.

–¿En serio? –quería creer que era un paso importante, pero no se atrevía a albergar esperanzas–. Tal vez sólo sea una coincidencia.

–No lo creo. En la cocina siempre has sido una fanática del orden, y ahora lo has guardado todo en el estante o cajón correspondiente. Incluso has tirado las bolsas al cubo de reciclaje, y no recuerdo haberte dicho dónde estaba.

Tenía razón. Melody lo había hecho sin pensar, por puro instinto. El corazón empezó a latirle con fuerza y se le formó un nudo de emoción en la garganta.

–¿Crees que estoy recuperando la memoria?

–Eso es lo que creo, sí.

Melody chilló de alegría y se arrojó en sus brazos. Después de haber visto esos DVDs, se daba cuenta de cuántas cosas quería recordar.

Apoyó la cabeza en el hombro de Ash y cerró los ojos mientras aspiraba la fragancia de su loción. Era delicioso estar tan cerca de él, aunque él no la estuviera abrazando con tanta fuerza como ella.

–¿Crees que han sido los DVDs? A lo mejor me han hecho recordar otras cosas…

–Puede ser.

Melody le sonrió.

–Y tal vez lo real sea aún mejor…

La expresión de Ash se tornó seria y ella se desdijo rápidamente.

–Lo sé, lo sé. Aún no estoy preparada. Sólo era una observación… para cuando esté lista –todo parecía indicar que sería mucho antes de lo previsto.

Él le acarició el pelo y le dio un beso en la frente.

–Lo recordarás todo cuando tu cerebro esté listo. No tengas prisa. Los recuerdos te están viniendo de manera espontánea, ¿verdad?

Ella asintió.

–Lo único que tienes que hacer es relajarte y dejar que todo fluya a su ritmo –volvió a mirar el reloj y le dio otro beso en la frente–. De verdad que tengo que irme.

Melody se quedó muy decepcionada, pero no lo manifestó.

–Gracias por traerme comida. Supongo que debería pensar en hacer algo para la cena.

–No te molestes. Hoy volveré bastante tarde. Tengo mucho trabajo atrasado.

Ella tenía la culpa de que tuviese trabajo pendiente, de modo que no podía quejarse. Lo acompañó al ascensor y esperó hasta que las puertas se cerraran.

Esa vez no fue imaginación suya. Por alguna razón a Ash parecía inquietarle que recuperase la memoria, como si hubiera algo que no quería que recordara. Melody no se imaginaba qué podía ser. Pensé en el dinero que había guardado en el bolsillo de uno de los abrigos en el armario. ¿Sería la clave de aquel misterio?

Por el momento, decidió que no le diría nada a Ash la próxima vez que recordara algo.

Capítulo Nueve

Ash se tomó la mañana del viernes libre para llevar a Mel a su cita con el neurólogo. Ella le había sugerido que la dejara en la consulta y que luego la recogiera, pero Ash quería estar presente para oír la opinión del médico.

Se había sobrecogido al ver como guardaba las cosas en el frigorífico. Melody empezaba a recordar los viejos hábitos, y él no estaba seguro de estar preparado. Afortunadamente, Melody no parecía haber tenido más destellos de memoria, o al menos no le había dicho nada. El trabajo lo mantenía en la oficina hasta medianoche y apenas se habían visto en los tres últimos días.

El médico sometió a Melody a un riguroso examen cerebral, le hizo una docena de preguntas y pareció impresionado por sus progresos. Sugirió que empezara a hacer ejercicio, y Ash supo al ver su expresión la clase de «ejercicio» que estaba pensando.

–¿Y qué me dice del sexo? –preguntó Melody.

El médico miró el informe con el ceño fruncido y por unos instantes Ash temió que fuera a mencionar el aborto. ¿Acaso el doctor Nelson no le había prevenido que no dijera nada? Una noticia como aquélla lo echaría todo a perder.

–No veo ninguna razón por la que no pueda practicar el sexo –dijo el médico–. Aunque le aconsejo que no sea demasiado apasionada al principio –añadió con una sonrisa–. Tómeselo con calma y no intente forzarse más de la cuenta. También le recomiendo que empiece a dar paseos.

–Ya lo hago. Vivimos en la costa y he estado paseando por la orilla.

–Estupendo, pero no se esfuerce demasiado. Empiece con diez o quince minutos al día y vaya subiendo poco a poco el ritmo –cerró la carpeta con el informe–. Todo parece estar en orden. Si tiene algún problema, lláneme. De lo contrario, no necesito volver a verla hasta dentro de tres meses.

–¿Ya está? –preguntó Mel–. ¿Eso es todo?

El médico sonrió.

–A estas alturas no hay mucho que yo pueda hacer… gracias a que el doctor Nelson hizo un buen trabajo.

Les estrechó la mano a Melody y a Ash y los dos abandonaron su consulta. La cita no había durado más de veinte minutos.

–Qué rápido –comentó Mel mientras se dirigían a la recepción a concertar la próxima visita–. Esperaba que me hiciera toda clase de pruebas y que me pasaría aquí todo el día.

Él también se lo esperaba. Y ahora estaba ansioso por volver al trabajo.

Llevó a Mel a casa y subió con ella para recoger su portafolios. Su intención era despedirse rápidamente de ella y marcharse, pero por la expresión de Mel supo que quería hablar y de qué. Sinceramente, le sorprendía que no hubiera sacado el tema en cuanto salieron de la consulta del médico.

–Muy bien, suéltalo –le dijo, dejando el maletín junto al sofá y sentándose en el brazo.

Ella sonrió tímidamente. Era una reacción extraña, pues Mel jamás se había mostrado tímida. Pero el cambio agradó a Ash.

–Ya has oído lo que ha dicho el médico... Puedo hacer el amor.

–Cuando estés preparada –añadió él, confiando en que no fueran a hacerlo sobre la alfombra del salón. Aunque una parte de él llevaba deseándolo desde que la sorprendió viendo los vídeos caseros–. ¿Sientes que ya lo estás?

Ella se encogió de hombros.

–No lo sé. Supongo que no estaré del todo segura hasta que lo intente.

Ash pensó que iba a sugerirle que lo intentaran en aquel preciso momento, pero no fue así.

–¿Vas a volver a quedarte trabajando hasta tarde?

–Hasta las nueve, por lo menos –respondió él–. Seguramente más tarde.

Ella suspiró.

–Me gustaría poder estar contigo más de diez minutos por la mañana, y prepararte la cena un día de éstos.

–Pronto –le dijo él, sin saber si podría o querría mantener la promesa. Necesitaba poner distancia entre ellos.

Esperaba que Melody volviera a sacar el tema del sexo, pero sorprendentemente no lo hizo.

–¿Algo más antes de irme?

Ella negó con la cabeza.

–No, creo que no.

La actitud de Melody lo escamaba. Lo lógico sería que, habiendo recibido el visto bueno del médico, se arrojara sobre él. ¿Por qué se comportaba de aquella manera tan cohibida?

Caminó hacia la puerta y ella lo siguió.

–Llámame luego –le pidió Mel–. Intentaré esperarte levantada.

–Lo haré –se inclinó para besarla en la mejilla, pero entonces ella giró la cabeza y recibió el beso en los labios.

Había besado a Mel millones de veces, pero en aquella ocasión sintió una descarga eléctrica en su interior. El gemido ahogado de Mel le dijo que ella había sentido la misma intensidad. Los dos se quedaron inmóviles unos segundos, sin apenas rozarse los labios. Ash esperó que fuera ella quien hiciera el primer movimiento, pero Mel no se movía ni respiraba. Finalmente, fue él quien se hizo con el control de la situación y unió la boca a la suya.

Los labios de Mel eran tan cálidos y suaves como los recordaba, y aún sabían a pasta de dientes. Se preparó para recibir su entusiasmo habitual, esa pasión que encendía los besos de Melody y que la acuciaba a tragárselo de un solo bocado.

Pero no fue así. Melody tardó unos segundos en separar los labios, y lo hizo de manera vacilante, como si temiera apresurarse demasiado. Ni siquie-

110

ra cuando sus lenguas se tocaron dio rienda suelta a su apetito voraz.

Ash nunca la había besado de aquella manera, con tanta ternura y suavidad. Mel no se dejaba llevar por aquel frenesí que convertía los besos en un saqueo bucal. Era apasionado, sí, pero también delicioso. Y a Ash le encantaba.

Aquella Melody no se parecía en nada a la que él había conocido. Y a pesar de haberse jurado que se lo tomaría con calma y sangre fría, no pudo evitar que la ola de placer lo arrastrara.

Se percató de otras diferencias. Melody siempre se echaba perfume o desodorante, y su fragancia almizclada, aunque sensual, podía resultar en ocasiones ligeramente empalagosa. Pero ahora sólo despedía un olor a jabón y champú, mezclado con el aroma natural de su piel. Era más sexy y excitante que cualquier esencia embotellada.

Y él estaba excitado. La erección llegaba a ser dolorosa y pugnaba por escapar de su confinamiento. Algo que no tardaría mucho en ocurrir si Mel seguía jadeando.

Intensificó el beso y sus lenguas se entrelazaron. El sabor de Mel era tan delicioso, su tacto era tan exquisito, que era él quien quería devorarla. Se había prometido que la haría esperar un poco más, pero en aquel momento le importaba un bledo su determinación. La deseaba allí y ahora.

Justo cuando se disponía a dar el siguiente paso, sintió las manos de Mel en el pecho y se dio cuenta de que lo estaba apartando.

Interrumpió el beso y retrocedió de mala gana.

–¿Qué ocurre?

Melody estaba colorada y el pulso le latía salvajemente en el cuello. Intentó recuperar el aliento y le sonrió.

–Ha sido increíble, pero no puedo seguir.

¿Cómo que no podía seguir? ¿Acaso le estaba tomando el pelo? Una vez que Mel empezaba no había quien la detuviera. ¿Qué estaba pasando allí?

Ash se quedó tan desconcertado que no supo cómo reaccionar. Melody nunca lo había rechazado. De hecho, en ninguna ocasión él había tenido que pedírselo. Normalmente era ella la que lo iniciaba todo, y siempre con un apetito insaciable.

Pero ahora, por primera vez en tres años, Ash se encontraba con un muro infranqueable.

–Lo siento –se disculpó ella–. No quiero precipitar las cosas. Me gustaría tomármelo con calma, como tú mismo me dijiste.

Lo primero que Ash pensó fue que se trataba de algún juego perverso destinado a hacerlo sufrir, pero enseguida apartó aquella idea de la cabeza. La Melody que lo miraba con expresión contrita no era capaz de ese tipo de cosas. Era él quien la había reprendido por tocarlo en la habitación del hotel, y el que le insistía en ir despacio.

Si había alguien jugando sólo era él. Y estaba recibiendo lo que se merecía.

–¿Estás bien? –le preguntó ella–. ¿Te has enfadado conmigo?

Ash desearía valerse de aquella oportunidad para atacarla sin piedad. Pero era como si la vieja

Melody se hubiera dividido en dos, y a la mujer que tenía frente a él no podía hacerle daño.

No sólo eso, sino que estaba dejando que esa mujer le causara estragos en su equilibrio emocional. Lo único que se había jurado que jamás le ocurriría…

—No —respondió, estrechándola entre sus brazos—. No estoy enfadado.

Lo mejor sería disfrutar de la situación mientras durara, pensó mientras ella se acurrucaba contra él y hundía el rostro en su cuello. Sólo era cuestión de tiempo hasta que recuperase la memoria y la Mel malvada engullera para siempre a la Mel honesta y encantadora.

Y, por mucho que le costara reconocerlo, Ash iba a echarla terriblemente de menos.

Dejar a Mel en casa había sido difícil, pero no tanto como habría sido quedarse con ella. En las dos últimas semanas apenas había pensado en el sexo, pero había bastado con un solo beso para que el deseo lo desbordara, y como consecuencia le estaba costando bastante concentrarse en el trabajo.

Almorzó temprano y, aunque normalmente no bebía en horario laboral, pidió un güisqui que apenas lo ayudó a calmarse.

De vuelta a su despacho se tropezó con Brock Maddox.

—Iba a verte —le dijo Brock—. ¿Podemos hablar un momento?

–Claro.

Brock lo hizo pasar a su despacho y cerró la puerta.

–Flynn me ha contado lo que pasó con Melody. Quería decirte lo mucho que lo siento.

–Gracias. Pero se está recuperando bastante bien. Hoy la ha visto un neurólogo y todo tiene muy buena pinta.

–Me alegro.

–¿Eso es todo? –preguntó Ash, dirigiéndose hacia la puerta.

–Una cosa más… Seguramente te hayas enterado de que no hemos conseguido firmar el contrato con Brady.

–Sí, lo he oído –Brady Enterprises era una gran empresa con la que Maddox Communications pensaba firmar un importante contrato publicitario. Su pérdida era una mala noticia, pero no parecía razón suficiente para la expresión tan sombría que lucía Brock. Como gerente, Ash sabía que podían pasar sin Brady.

–Han contratado a Golden Gate Promotions –dijo Brock.

–Eso también lo he oído –nunca era agradable perder a un cliente, y menos a manos de un rival tan arrogante como Athos Koteas.

–¿Has oído que nos han copiado el proyecto?

–¿Qué? –exclamó Ash, horrorizado–. ¿Cómo te has enterado?

–Conozco a alguien en Brady que me ha puesto al corriente de todo. Se ha insinuado que Maddox Communications había robado la idea del proyecto.

–¿Y es cierto?

La pregunta pareció sorprender a Brock.

–¡Claro que no! Es nuestra idea.

–Entonces, ¿cómo se explica que Golden Gate haya propuesto lo mismo? ¿Coincidencia?

–La única explicación posible es que alguien de la oficina la haya filtrado.

Si eso era cierto, se enfrentaban a un grave problema.

–¿Qué piensa Flynn de todo esto?

–Aún no se lo he dicho.

Como vicepresidente, Flynn debería saberlo cuanto antes.

–¿No crees que necesita saberlo?

–Antes quería hablar contigo.

–¿Por qué? Sólo soy el gerente. Esto no entra en mis funciones.

–Mira, Ash, no sé cómo decirte esto, así que te lo diré sin más. Ya sabes que siempre me ha gustado Melody, pero… ¿es posible que ella tenga algo que ver con esto?

La pregunta desconcertó tanto a Ash que dio un paso atrás.

–¿Melody? ¿Qué podría tener ella que ver?

–Es demasiada coincidencia que justo cuando empezábamos a esbozar el proyecto a ella se la tragara la tierra. A lo mejor le contaste algo sin sospechar que le pasaría la información a nuestros rivales. Quizá le hicieron una oferta que no pudo rechazar.

Ash apretó los puños a los costados. Si hubiera estado más cerca de Brock quizá le hubiera dado una paliza.

–Es ridículo que acuses a Melody, precisamente a Melody, de espionaje empresarial, por no decir que es tremendamente ofensivo.

–Teniendo en cuenta la manera en que se marchó, parece una suposición lógica.

–Te estás confundiendo, Brock –le advirtió Ash, dando un paso hacia él.

Brock levantó las manos en un gesto defensivo.

–Tranquilo, Ash. Te pido disculpas si te he ofendido, pero ponte en mi lugar por un momento. Corren rumores de que Melody no se marchó de muy buenas maneras, de modo que pensé…

–¿Ahora te dedicas a escuchar rumores? Por la misma regla, ¿debo suponer que te estás acostando con tu secretaria?

Brock lo fulminó con la mirada y Ash supo que se había pasado de la raya, pero entonces Brock desvió la mirada hacia la puerta.

–Madre, ¿sería mucho pedir que llamaras antes de entrar?

Ash se giró para ver a Carol Maddox en la puerta abierta. Era una mujer pequeña y demacrada, pero irradiaba una fuerza arrolladora y no parecía en absoluto complacida. Ash no la había visto sonreír ni una sola vez, siendo el desprecio y la decepción las únicas emociones que expresaba su entumecido rostro. Era una de las mujeres más amargadas y rencorosas que había conocido en su vida, y parecía empeñada en arrastrar a todo el mundo a su desgracia.

–Tengo que hablar contigo, cariño –masculló entre dientes, quizá por su disgusto crónico o por

116

el Botox que le inmovilizaba los músculos faciales. Fuera como fuera, a Ash no le apetecía estar presente.

–Supongo que ya hemos acabado –dijo, y Brock asintió secamente.

Mientras pasaba junto a la señora Maddox de camino a la puerta, Ash se sintió culpable. El comentario que había hecho sobre Brock y su secretaria no debía de haberle sentado muy bien a su madre, pero eso era lo que merecía por acusar a Melody de vender los secretos de la empresa.

Aunque Ash le hubiera hablado del proyecto, lo que no había hecho, ella no era el tipo de persona capaz de vender la información a los rivales de Maddox Communications. Y nunca le perdonaría a Brock haber hecho una insinuación semejante.

Aunque…

Se regañó mentalmente a sí mismo. ¿No estaba siendo demasiado hipócrita? ¿Por qué defendía el honor de una mujer a la que pensaba usar a su antojo y luego abandonar? Al fin y al cabo, estaban hablando de una mujer que lo había traicionado.

La respuesta estaba muy clara. Melody tal vez hubiera traicionado su confianza, pero Ash no podía castigar a alguien por algo que no había hecho. Sólo por eso Melody era completamente inocente.

–Ah, aquí está –dijo Rachel al verlo–. Lo he estado llamando… La señorita Trent ha llamado.

–Lo siento. Olvidé el móvil en la mesa. ¿Qué quería?

–Dijo que tenía que hablar con usted, y parecía muy nerviosa. Quiere que la llame inmediatamente a su teléfono móvil.

Ash empezó a inquietarse. Melody nunca se ponía nerviosa.

–¿Ha dicho por qué?

–No, pero me ha preocupado. Se comportaba como si nunca hubiera hablado conmigo.

–La llamaré enseguida.

Entró en el despacho, cerró la puerta y marcó el número de Melody. Ella respondió al instante, y el pánico que se adivinaba en su voz le congeló la sangre a Ash.

–¿Ash?

–Soy yo. ¿Qué pasa?

–Necesito que vengas a por mí –dijo ella. La voz le temblaba tanto que apenas podía entenderla. Lo primero que pensó Ash fue que le había ocurrido algo malo y que había que llevarla al hospital.

–¿Estás herida? ¿Te has golpeado la cabeza?

–No, sólo necesito que vengas a por mí –Ash oyó el ruido del tráfico y se dio cuenta de que no estaba en casa. Melody le había dicho algo sobre dar un paseo. Quizá había caminado demasiado y no sabía volver sola a casa.

–¿Dónde estás, Mel?

–En Hyde Street Pier.

¿Hyde Street Pier? Eso estaba lejísimos del apartamento. Era imposible que hubiera podido caminar tanto.

–¿Cómo has llegado hasta ahí?

–¿Puedes venir? –insistió ella. Parecía estar desesperada.

–Por supuesto. Salgo ahora mismo. Sólo estoy a diez minutos.

–Estaré en la tienda marítima de la esquina.

Ash dejó el teléfono, agarró las llaves y pasó rápidamente junto a la mesa de Rachel.

–Voy a ausentarme un rato. Intentaré recuperar el tiempo perdido esta tarde.

–¿Va todo bien? –le preguntó Rachel.

–No lo sé.

Pero estaba a punto de averiguarlo.

Capítulo Diez

Melody no tenía que recordar nada para saber que nunca se había sentido más estúpida y humillada.

Sentada en el coche de Ash, se retorcía las manos mientras deseaba hacerse invisible. Al menos había dejado de temblar, el corazón se le había calmado y la cabeza ya no le dolía. Pero eso no impedía que se sintiera como una idiota.

–¿Estás lista para contármelo? –le preguntó Ash amablemente, mirándola de reojo.

–Vas a pensar que soy estúpida.

–No pensaré que seas estúpida –replicó él–. Me alegra de que estés bien. Me diste un buen susto.

Ella se mordió el labio.

–Vamos, Mel…

–Me perdí –dijo ella rápidamente, y enseguida se lamentó de haberlo dicho.

Ash no hizo ningún comentario burlón o represor. Permaneció en silencio, esperando a que ella le diera más detalles sin presionarla.

–¿Recuerdas que te dije que iba a dar un paseo? Él asintió.

–Me sentía muy bien, llena de energía. Supongo que sobrestimé mis capacidades, porque me puse a andar y llegué a alejarme dos kilómetros y medio de casa.

–¿Dos kilómetros y medio? –repitió Ash con los ojos muy abiertos–. ¡Pero, Mel…!

–Lo sé, lo sé. El aire fresco me sentaba muy bien y casi todo el camino era cuesta abajo. Pero entonces empecé a cansarme y no me veía capaz de subir la cuesta para volver, de modo que tomé un autobús.

–¿Sabías qué autobús tomar?

–Eso creía, pero por desgracia me equivoqué y me llevó en dirección contraria. Cuando me di cuenta estaba muy lejos de casa. Me bajé en la siguiente parada y tomé otro autobús, pero ése también llevaba otra dirección. Era una sensación muy extraña. En el fondo sabía qué autobús tomar, pero no hacía más que equivocarme.

–¿Por qué no le pediste ayuda a alguien?

–Me daba mucha vergüenza. Además, sentía que debía hacerlo por mí misma.

–Y luego dicen que los hombres jamás preguntamos la dirección –comentó él con una mueca, y Melody no pudo evitar una sonrisa.

–Estuve dando vueltas durante dos horas –continuó ella–, hasta que finalmente llegué al paseo marítimo. No tenía ni idea de dónde estaba. Nada me resultaba familiar, y supongo que… que me dejé vencer por el pánico. Tenía el corazón desbocado y un nudo en el pecho, como si fuera a sufrir un ataque. Las manos se me entumecieron y pensé que iba a perder el conocimiento. Entonces sí que me asusté de verdad, y por eso te llamé.

–Parecías sufrir un ataque de pánico –corroboró él–. A mí me pasaba lo mismo cuando era niño e iba a recibir el tratamiento.

–¿Qué tratamiento?

Ash esperó un momento antes de responder.

–Radioterapia.

–¿Radioterapia? –frunció el ceño–. ¿Para qué?

–Osteosarcoma –respondió él–. Cáncer de huesos.

¿Ash había tenido cáncer? Melody no tenía ni idea. Bueno, en realidad sí que lo sabía, pero no se acordaba.

–Supongo que ya te lo habré preguntado, pero ¿cuándo fue?

–Con doce años.

–¿Dónde?

–En el fémur.

–¿Cuánto tiempo estuviste…?

–No mucho. Ocho meses, gracias a que lo detectaron en mi chequeo médico anual. Bastó una sesión de radio y quimio para ponerme bien.

Melody estaba segura de que no había sido tan sencillo como él lo hacía parecer. Especialmente si había sufrido ataques de pánico.

–¿No temes que… pueda aparecer de nuevo?

–Si hubiera aparecido, habría sido hace mucho tiempo –volvió a mirarla–. Existen más probabilidades de que me atropelle un autobús a que enferme de cáncer y muera estando contigo.

–No me refería a eso. Lo que quería decir era… No sé ni lo que quiero decir. Lo siento.

Él le apretó la mano.

–No pasa nada.

Melody pudo ver que era un tema delicado y no quiso insistir más. Tan sólo confiaba en que Ash no pensara que aquello le quitaría las ganas de casarse con él. Estarían juntos pasara lo que pasara, hasta que la muerte los separase y todo eso.

Y hablando de matrimonio…

–Me estaba preguntando… ¿Tienes algún motivo para no decirle a tus compañeros de trabajo que estamos comprometidos?

Ash la miró brevemente.

–¿Por qué lo preguntas?

–Porque cuando llamé a tu oficina y tu secretaría me preguntó quién era, pareció sorprenderse cuando le dije que era la novia de Ash.

–¿Qué dijo?

–Dijo «¿la qué?, y yo le dije «la novia de Ash, Melody». Me dio la impresión de que no sabía nada de lo nuestro.

–No lo hemos anunciado oficialmente –le explicó Ash–. Te lo pedí justo antes de que te marcharas, y como no volviste… –se encogió de hombros.

–Así que no le has dicho nada a nadie.

–Era lo último que tenía en la cabeza.

–Bueno, supongo que eso explica las fotos y los vídeos.

–¿Qué pasa con ellos?

–Me di cuenta de que no llevaba ningún anillo de compromiso. Ahora sé la razón.

Miró a Ash y vio que tenía una extraña expresión en el rostro, como si le doliera el estómago o algo así.

–¿He hecho mal al decírselo a tu secretaria? Ya no hay ninguna razón para no hacerlo público, ¿verdad?

–He estado muy ocupado desde que volvimos, con los asuntos del trabajo y la visita al médico. La verdad es que se me olvidó por completo.

–Pero no hay ningún problema –insistió ella.

Él le sonrió y volvió a apretarle la mano.

–Claro que no.

–Estupendo –dijo ella, mucho más aliviada–. ¿Crees que deberíamos organizar una fiesta de compromiso? ¿O al menos llamar al organizador de bodas?

–Creo que no deberías preocuparte por ello hasta que te hayas recuperado del todo. No hay ninguna prisa. Mira lo que te ha pasado hoy por exigirte demasiado.

Tenía razón. Pero Melody sentía la acuciante necesidad de volver a su vida normal.

«Date tiempo», se dijo a sí misma. «Al final todo volverá a ser como era».

Al llegar al edificio, Ash detuvo el coche frente a la puerta en vez de meterlo en el aparcamiento.

–¿Tienes tu llave? –le preguntó a Melody.

Ella se la sacó del bolsillo de la chaqueta y la meneó delante de sus ojos.

–¿No vas a subir?

–Tengo que volver a la oficina. Tú estás bien, ¿verdad?

A Melody no le apetecía quedarse sola, pero no podía ser tan egoísta.

–Estoy bien. Quizá me eche una siesta.

–Te llamaré después –se inclinó para besarla, pero no lo hizo en la mejilla ni en la frente, sino directamente en los labios. Melody sintió como sus ya temblorosas rodillas le temblaban aún más.

–Hasta luego –se bajó del coche y vio como él se alejaba hasta desaparecer detrás de la esquina.

Ash volvió tarde a casa. Melody ya estaba dormida y sólo lo vio unos pocos segundos, cuando él la despertó para darle un beso de buenas noches. A la luz del pasillo vio que aún llevaba el traje, por lo que supuso que acababa de regresar del trabajo. Miró el reloj de la mesilla y vio que eran más de las doce.

Al menos al día siguiente era sábado y podrían pasar tiempo juntos. Tal vez fueran a dar un paseo por la costa y almorzarían en el parque, como seguramente habían hecho antes. Melody se durmió haciendo planes y se despertó a las ocho de la mañana, muy excitada.

Se vistió rápidamente y olió a café recién hecho mientras se lavaba los dientes. Esperaba ser la primera en levantarse y así poder sorprender a Ash llevándole el desayuno a la cama. Pero no parecía que a él le gustara remolonear en la cama los fines de semana.

Sorprendentemente, no lo encontró en la cocina leyendo el periódico. Tampoco estaba el dormitorio. ¿Dónde demonios se había metido?

Agarró el móvil y marcó su número. Ash respondió al tercer toque.

–¿Dónde estás?

—Entrando en el aparcamiento de la oficina. Quería empezar temprano.

—Es sábado.

—¿Y?

—Que… pensaba que pasaríamos juntos el día de hoy.

—Ya sabes que tengo mucho trabajo atrasado.

—¿Y mañana?

—También.

¿Iba a trabajar el domingo?

¿O quizá le estaba mintiendo? ¿Sería otra la razón por la que llegaba tarde a casa y se ausentaba los fines de semana?

—Ash… ¿tienes una aventura? —las palabras brotaron de sus labios antes de poder detenerlas.

Ash respondió como era previsible. Con un profundo rencor.

—Y eso lo dice… —se quedó callado y Melody pensó que había colgado.

—¿Sigues ahí, Ash?

—Sí, sigo aquí. Y no, no tengo una aventura. Yo jamás te haría algo así.

—Lo sé. Lamento haberlo insinuado. Es que me siento sola e insegura. Nunca te veo.

—He perdido más de una semana de trabajo.

No hizo falta que añadiera que ella tenía la culpa y que por tanto no tenía derecho a quejarse.

—Lo sé. Olvida lo que te he dicho.

—Intentaré volver pronto a casa para cenar contigo, ¿de acuerdo?

—Me encantaría.

—Te llamaré después para confirmártelo.

–Está bien. Te… te quiero, Ash.

Se produjo otro silencio.

–Yo también. Hasta luego.

Melody dejó el móvil, sintiéndose confusa y dolida. «¿Yo también?». ¿No sería más apropiado decir «yo también te quiero»? ¿No debería alegrar a Ash que ella lo amara, aunque técnicamente sólo lo conocía hacía dos semanas? ¿O tal vez Ash pensaba que sólo se lo decía porque era lo que se esperaba de ella? Quizá con su frialdad le estuviera haciendo ver que no debía decirlo a menos que lo sintiera de verdad.

O quizá se estuviera volviendo loca.

Gimió y apoyó la frente contra la encimera de granito. Fue una equivocación, porque la cabeza empezó a dolerle.

Necesitaba una distracción. Una vida propia. Tal vez así dejara de importarle el poco tiempo que Ash le dedicaba.

Si realmente tenía que trabajar, ¿por qué se sentía como un cretino?

Mel tenía que entender que así eran las cosas. Siempre habían llevado vidas separadas. Ella estaba disponible cuando él tenía tiempo para dedicarle, y el resto del tiempo lo dedicaba a estudiar o ir de compras. Y nunca se había quejado.

Era lógico que no quisiera quedarse en casa sin hacer nada. Lo que necesitaba era un coche y recuperar sus tarjetas de crédito. Aquello bastaría para contentarla.

Al llegar a su despacho no se sorprendió al ver que Rachel estaba en su mesa. Su eficiente secretaria siempre trabajaba los sábados a media jornada, o más tiempo si era necesario.

–Buenos días, preciosa –la saludó, y ella puso una mueca de exasperación.

–¿Café?

–Por favor.

Se quitó la chaqueta y ya estaba sentado junto a la mesa cuando Rachel volvió.

–¿Cómo está Melody? –le preguntó, dejándole el café en la mesa.

–Mejor –el día anterior apenas le había dado explicaciones de lo sucedido. Sólo le había dicho que Melody estaba en la calle y que no se sentía bien para volver sola a casa. Por su parte, Rachel no había dicho una sola palabra sobre el supuesto compromiso. Seguramente estaba esperando el momento oportuno.

–Me sorprende verlo hoy aquí –le confesó ella.

–¿Por qué? Siempre trabajo los sábados.

–Sí, pero con Melody aún convaleciente…

–Se encuentra bien. Y es bueno que haga cosas ella sola.

–Si usted lo dice… –se encogió de hombros y se marchó antes de que Ash pudiera decirle que no era asunto suyo. Melody era una mujer adulta y siempre había sido muy independiente. Cuando dispusiera de un vehículo y de dinero para gastar, dejaría de darle quebraderos de cabeza.

En vez de trabajar, se pasó casi toda la mañana al teléfono, negociando con su concesionario de automóviles habitual. Al ser uno de los mejores clientes, el vendedor le ofreció llevarle el modelo deseado para que lo probase. Por desgracia, no tenían ninguno disponible con todas las opciones que Ash requería tendrían que pedirlo a Los Ángeles. Pero prometieron entregárselo el lunes sin falta.

A continuación, llamó al banco para reactivar las tarjetas de crédito que había cancelado cuando Melody se marchó. Las recibiría al mismo tiempo que el coche.

Cuando Rachel se asomó al mediodía para decirle que se marchaba, Ash estaba finalmente listo para empezar a trabajar.

—Quédese mañana en casa –le ordenó Rachel–. Melody lo necesita.

—Gracias, doctora.

Rachel puso una mueca y se marchó.

Diez minutos después lo llamó Brock.

—Necesito que vengas ahora mismo a la sala de juntas –le ordenó, y a juzgar por la severidad de su tono no parecía que fueran a tener una charla amistosa. Ash no estaba de humor para enfrentarse otra vez a su jefe, y no se imaginaba de qué querría hablarle. ¿Habría descubierto algo más para acusar a Melody?

Se levantó pesadamente y recorrió el pasillo hacia la sala de juntas. Las paredes de cristal, normalmente transparentes, estaban oscurecidas, lo que no presagiaba nada bueno. La puerta estaba cerrada y llamó con los nudillos.

—Adelante –espetó Brock desde el interior.

Ash suspiró y abrió la puerta, dispuesto a mandar a Brock al infierno. Pero se encontró con la sala llena de gente y con un grito de «¡sorpresa!» que casi lo tiró de espaldas.

Todo el mundo se echó a reír al ver su cara. Obviamente estaban celebrando algo, pero Ash no tenía ni idea de qué se trataba. ¿Lo habían ascendido y nadie le había dicho nada?

Entonces vio la tarta que había en la mesa y la pancarta que colgaba del techo.

«Enhorabuena, señor Melody Trent».

Capítulo Once

La gente rodeó a Ash para felicitarlo por el compromiso. Brock, Flynn, Jason Reagert, Gavin Spencer, Celia Taylor y su novio, Evan Reese. También había algunos relaciones públicas, varios diseñadores y un numeroso grupo del departamento financiero.

Todo el mundo lo sabía.

Ash se maldijo en silencio. ¿En qué posición quedaría cuando abandonara a Melody?

Alguien le puso una copa en la mano y él tomó un largo trago.

—No teníais por qué hacer esto —dijo.

—Claro que sí —replicó Flynn—. Queríamos invitar a Melody, pero Rachel no creía que se sintiera bien para venir.

Menos mal, porque entonces sí que habría sido una pesadilla.

Rachel, la responsable de todo aquello, estaba al otro lado de la sala y a Ash le costó unos minutos llegar hasta ella.

—Enhorabuena, señor Williams —lo felicitó con una amplia sonrisa y un fuerte abrazo.

—Estás despedida —murmuró él mientras la abrazaba.

–De nada –respondió ella, dándole una palmadita en el brazo. Sabía muy bien lo vanas que eran sus amenazas.

Celia se acercó y le ofreció otra copa.

–Creo que te sentará bien. Ya sé cuánto odias este tipo de cosas.

–Gracias –aceptó la copa y apuró la mitad de un solo trago.

–Estoy muy contenta por vosotros –dijo Celia–. Imagino lo duro que han debido de ser los dos últimos meses, pero me alegra que todo se haya solucionado. ¿Ya habéis fijado una fecha?

Ash tomó otro trago.

–Aún no.

–Espero que no estéis pensando en iros a Las Vegas. Todo el mundo espera estar invitado a la boda.

En ese caso, todo el mundo se llevaría una gran decepción.

Acabó la copa y alguien le dio otra con un trozo de tarta. Ash estaba desesperado por marcharse de allí, pero no le quedó más remedio que quedarse hasta el final de la fiesta, que se alargó hasta las tres. Para entonces llevaba cinco whiskys en el cuerpo, dos de ellos dobles. No estaba borracho, ni mucho menos, pero sí lo bastante mareado como para saber que no podía conducir ni seguir trabajando.

–Voy a llamar a un taxi para irme a casa –anunció.

–Nosotros también nos vamos –dijo Celia–. Podemos llevarte a casa, ¿verdad, Evan?

Su novio se encogió de hombros.

–Por mí no hay problema. Celia puede llevarte en tu coche y yo os seguiré en el mío. Así no tendrás que venir en taxi a la oficina.

–Genial –aceptó Ash.

Se despidió de todos y los tres bajaron al aparcamiento.

–Tenemos que hablar –le dijo Celia cuando Ash y ella estuvieron en el coche.

–¿Ocurre algo malo?

–No, todo va estupendamente. Pero la relación a distancia que mantenemos Evan y yo empieza a ser un fastidio.

–Pero ¿las cosas van bien entre vosotros?

–Sí, muy bien. Me voy a Seattle a finales de año.

–¿Eso significa que vas a dejar Maddox Communications?

–Técnicamente no. Voy a ocuparme de la campaña publicitaria de Reese Enterprises como asesora de Maddox Communications. Pero lo haré todo desde Seattle.

–Vaya, eso es fantástico.

–Les dije a Brock y a Flynn que estaba pensando en marcharme, y no querían perderme.

–Eso es porque les haces ganar mucho dinero.

–Estoy muy entusiasmada por las perspectivas, pero voy a echar de menos todo esto.

–¿Quién va a ocupar tu puesto?

–Se llama Logan Emerson, y empezará a trabajar conmigo el lunes. Lo prepararé durante un par de semanas y luego me dedicaré en exclusiva al proyecto de Reese. Supongo que estaré yendo y viniendo hasta que me instale definitivamente.

–Te echaremos de menos, pero parece una oportunidad inmejorable.

Llegaron al edificio de Ash, y tras dejar el coche en el aparcamiento fueron a donde esperaba Evan.

–Gracias por traerme –dijo Ash.

–De nada –respondió Celia con una sonrisa–. Te veré el lunes. Y felicita a Melody de nuestra parte. Deberíamos ir a cenar juntos alguna vez, cuando se sienta mejor.

–Claro –afirmó Ash, sabiendo que eso jamás ocurriría.

Se despidió con la mano mientras se alejaban y subió a casa. El piso estaba en silencio y pensó que Mel habría salido a pasear. Pero entonces vio sus llaves en la encimera y fue al dormitorio, pensando que estaría acostada. No la vio en la cama, pero oyó el agua en el cuarto de baño. La puerta estaba entreabierta y vio a Melody en la ducha.

Se preguntó si le apetecería tener compañía. Después de haberla sorprendido viendo el vídeo, tenía la sensación de que podría ser muy interesante.

Se quitó la chaqueta y los zapatos y entró en el cuarto de baño. No se molestó en ser silencioso, pero Mel se estaba enjuagando la cabeza y tenía los ojos cerrados. La espuma se deslizaba por su espalda y trasero, y Ash se imaginó enjabonándose las manos para frotarle la piel.

Esperó a que abriera los ojos y lo viese, pero

cuando lo hizo se giró de espaldas a el. Agarró un bote de jabón y se vertió un poco en la mano para empezar a enjabonarse, ofreciéndole a Ash una fabulosa vista de su perfil mientras se frotaba los pechos y brazos. No era una imagen particularmente erótica, pero a Ash no le habría parecido más sensual ni aunque interpretara la danza del vientre.

Melody terminó de frotarse los brazos y volvió a sus pechos. Cerró los ojos y se acarició los pezones con los pulgares. Ash vio como se endurecían y le pareció que el cuerpo de Melody se estremecía de arriba abajo.

La había visto tocarse en incontables ocasiones, pero aquella vez era diferente. Tal vez porque ella ignoraba que la estaba observando. No lo hacía con la intención de excitarlo, sino porque le gustaba.

Fuera como fuera, lo estaba excitando tanto que los pantalones apenas podían contener su erección. Se aflojó la corbata mientras veía como se acariciaba y la arrojó sobre la cisterna del inodoro.

Las manos de Melody bajaron lentamente hacia el vientre y las caderas. Su destino era obvio, y a Ash se le aceleró el corazón mientras se desabotonaba la camisa.

Por desgracia, Melody eligió aquel momento para abrir los ojos y lo vio de pie frente a la ducha.

Soltó un chillido tan estridente que debieron de oírla todas las personas que vivían en el edificio.

—¡Me has dado un susto de muerte! —lo reprendió al darse cuenta de que era él. Estaba roja como un tomate, pero, extrañamente, no intentó cubrirse–. ¿Cuánto tiempo llevas ahí?

–El suficiente para disfrutar de lo que estaba viendo.

La vergüenza de Melody aumentaba aún más la excitación de Ash.

–Es de mala educación espiar a la gente –dijo ella, cubriéndose los pechos con las manos–. Dime que no has traído una cámara de vídeo.

Ash se echó a reír mientras se desabrochaba los botones de las muñecas.

–Nada de cámaras. Y no te estaba espiando. Sólo te estaba mirando.

–Es lo mismo.

–Lo dices como si te estuviera mirando por un agujero en la pared –se quitó la camisa y la dejó caer al suelo.

Los ojos de Mel se abrieron como platos al ver el bulto de sus pantalones.

–¿Qué… qué haces?

Ash se quitó la camiseta interior por encima de la cabeza y también la dejó caer al suelo.

–Desnudarme.

Mel le recorrió el torso con la mirada. Tal vez no se diera cuenta, pero se estaba lamiendo los labios.

–¿Por… por qué?

–Para ducharme –se quitó los calcetines y se desabrochó los pantalones, quitándoselos al mismo tiempo que los calzoncillos.

–¿Conmigo? –preguntó ella con una voz exageradamente aguda.

–A menos que quieras la compañía de otra persona…

Abrió la mampara de la ducha y su erección lo precedió al entrar. Los ojos de Mel amenazaban con salirse de las órbitas.

–Creía que íbamos a ir despacio –dijo ella, retrocediendo contra la pared.

–Y eso estamos haciendo –repuso él, colocándose bajo el chorro–. Tan sólo estamos desnudos en la ducha.

No le importaba que no hicieran el amor, pero necesitaba tocarla. Si ella se lo permitía, estupendo, y si también lo tocaba, mejor todavía. Sería ella quien impusiera el ritmo.

De momento, Mel estaba arrinconada en el rincón, mordiéndose el labio.

–Ya sé que sonará ridículo, pero estoy muy nerviosa.

–Por eso vamos a ir despacio –si la impaciencia acababa con él, al menos moriría con una sonrisa en los labios–. Dime qué puedo hacer, para qué estás preparada.

Melody lo pensó un momento y tragó saliva.

–Supongo que podrías… besarme.

Era el comienzo más lógico. Ash no quería arrinconarla, de modo que la agarró de la mano y tiró de ella hacia él bajo el chorro. Pero cuando se inclinó para besarla la punta de su erección chocó contra el vientre de Melody, quien dio un respingo y soltó una carcajada histérica.

–Lo siento, estoy haciendo el ridículo –se disculpó ella.

Lo extraño era que a Ash le gustaba. Le encantaba que Mel no intentara hacerse cargo y que por una vez pudiera ser él quien llevara la iniciativa.

–Tengo una idea mejor. Date la vuelta –le ordenó. Agarró el jabón y se vertió un poco en la mano.

–¿Qué vas a hacer?

–Enjabonarte la espalda… Sólo la espalda, te lo prometo –añadió al ver la mirada desconfiada de Melody.

Ella se giró de cara a la pared y apoyó las manos en los azulejos mientras él le esparcía el jabón por los hombros y la espalda.

–Mmm… qué gusto –murmuró, y Ash sintió que empezaba a relajarse. Siguió bajando con las manos, pero al acercarse al trasero ella volvió a ponerse rígida.

–Relájate. Se supone que tienes que disfrutar.

–Lo siento. No sé por qué estoy tan nerviosa. No estaba así en el hotel.

–Tal vez porque en aquel momento sabías que no serías capaz de hacerlo.

–Tal vez –murmuró ella sin mucha convicción.

–¿Por qué tengo la sensación de que me ocultas algo?

–Es una estupidez, olvídalo.

Ash la hizo girarse hacia él. Ofrecía un aspecto adorable, con el agua chorreando de sus cabellos y la frente arrugada en una mueca de angustia.

–Si algo te inquieta, no es ninguna estupidez. Y si no me dices de qué se trata, no podremos solucionarlo.

–Son esos vídeos…

–¿El de la ducha?

Ella negó con la cabeza y bajó la mirada a los pies.

–Los otros dos. Sé que esa mujer era yo, pero ya no lo soy. Esa mujer era demasiado atrevida, demasiado segura de sí misma. No creo que yo pueda hacer ni decir las mismas cosas que ella.

Ash se encogió de hombros.

–¿Y qué?

Melody le clavó una mirada tan llena de dolor y pesar que Ash sintió como se desvanecían los efectos del güisqui.

–Tengo miedo de decepcionarte, Ash.

Aquello no era uno de los juegos sexuales a los que Melody solía jugar con él. Estaba realmente angustiada y confundida, como Ash nunca la había visto, ni siquiera en el hospital.

–Mel, tú no puedes decepcionarme. Eso es imposible.

No pareció que ella lo creyese, pues bajó otra vez la mirada al suelo. Ash le puso la mano en la barbilla y la obligó a mirarlo.

–Escúchame. No quiero a la Melody que aparece en los vídeos. Te deseo a ti.

Se dio cuenta de que era lo más sincero que le había dicho. La deseaba de una manera especial, como nunca había deseado a la otra Melody.

Entonces ¿por qué seguía esperando que se comportara como antes? ¿Acaso creía que, a pesar de sus nervios y dudas, podría desprenderse de sus inhibiciones por arte de magia en cuanto él la tocara?

Él la deseaba, sí, pero no quería poseerla si iba a hacerle daño. No merecía la pena. Físicamente podía estar preparada para recibirlo, pero emocionalmente aún no lo estaba. Y él la estaba presionando demasiado.

¿Desde cuándo se había vuelto tan blando?

Se dio la vuelta y cerró el grifo.

—¿Qué haces? —le preguntó ella. Parecía aún más confundida, y con razón. Él le había dicho que debían esperar, después había invadido su intimidad en la ducha y ahora volvía a echar el freno. A aquel paso iban a volverse locos.

¿Sólo por haberle comprado un coche y devolverle las tarjetas de crédito podía considerar que ella le pertenecía? Melody no le había pedido nada.

—Salgamos —le dijo.

—Pero…

—No estás lista para esto. Lamento haberte presionado. Me siento fatal por ello —era un completo estúpido. Agarró la toalla que Melody había colgado en la percha y la envolvió con ella, antes de salir a buscar otra toalla para él en el armario. Se la enrolló alrededor de la cintura y volvió al cuarto de baño. Melody estaba de pie en la puerta de la ducha, envuelta en la toalla, mirándolo con el ceño fruncido.

—¿Estás bien? —le preguntó él.

Ella asintió, pero permaneció inmóvil.

—Deberíamos vestirnos. Y si la oferta de prepararme la cena sigue en pie, me encantaría que cocinaras para mí. Aunque si lo prefieres podemos salir. Tú eliges.

–Está bien –dijo ella, pero no especificó qué le apetecía más, si cocinar o salir a cenar. Antes de que él pudiera preguntárselo, salió del cuarto de baño.

Ash recogió la ropa del suelo y salió al dormitorio de Melody. Esperaba encontrarla vistiéndose, pero Melody estaba tendida en la cama, apoyada sobre un codo y con las sábanas por la cintura.

Seguramente no intentaba parecer sexy, pero ésa era precisamente la imagen que ofrecía. A Ash le pareció que tenía los pechos más hermosos del mundo, y daría lo que fuera por ponerles las manos encima.

–¿Vas a echarte una siesta?

Ella negó con la cabeza, apartó las sábanas y le dio una palmadita al colchón.

–Ven.

¿Que fuera? ¿A la cama?

Ahora era él quien estaba confuso.

–Mel…

–He dicho que vengas –le ordenó con más firmeza.

–Pero yo creía que… que íbamos a esperar.

–Yo también. Pero ahora ven a la cama.

Ash no estaba seguro de lo que estaba pasando, pero de todos modos fue hacia la cama y arrojó la ropa al suelo. Aún tenía la piel mojada y las sábanas se le quedaron pegadas.

Al no saber lo que ella esperaba de él, se quedó tumbado frente a ella, imitando su postura.

–Muy bien, aquí estoy. ¿Y ahora qué?

–Ahora tienes que besarme. Y esta vez no te

preocupes por los roces involuntarios… Quiero que me toques.

Estupendo, porque Ash estaba cada vez más excitado y no habría forma de evitar el contacto físico.

La pregunta era ¿hasta dónde estaría dispuesta a llegar?

–Para que no haya malentendidos… ¿estás diciendo que quieres hacer el amor?

–Sí, eso es lo que quiero. Aquí y ahora.

«Gracias, Señor».

Melody yacía boca arriba, esperando el beso. Ash sabía lo que la vieja Mel esperaría de él. Una pasión desbocada y salvaje. Pero aquella Mel no tenía ni idea de lo que quería, así que él tenía total libertad para elegir. Como un pintor ante un lienzo en blanco.

Aunque tal vez… en aquella ocasión pudieran pintar el cuadro los dos juntos.

Capítulo Doce

Ash se inclinó para besarla, la mano le sujetó el rostro con una ternura exquisita y Melody supo que con él estaba y siempre estaría a salvo.

No estaba del todo segura de lo que pasó en el cuarto de baño, pero cuando Ash cerró el grifo, la envolvió con una toalla y le dijo que iban a detenerse, algo en ella cambió. En aquel instante supo que lo deseaba y que estaba lista para hacerlo. Era el momento de olvidar el pasado y mirar al futuro.

Los labios de Ash le rozaron delicadamente los suyos, y los restos del miedo se esfumaron con el siguiente aliento. Era la clase de beso con el que toda chica soñaba, dulce y suave, ideal para evocar recuerdos. Melody los tenía al alcance de la mano, pero no quería pensar en ello ahora. Sólo quería sentir. Y Ash era un maestro en ese campo.

Sus besos y caricias agudizaron sus sentidos y avivaron el fuego de su piel. Era como si tuviese un mapa de las zonas erógenas de su cuerpo y las estuviese explorando una a una, enloqueciéndola de deseo. La llevaba al borde del éxtasis y en el último instante impedía que saltara al vacío.

La excitaba con una habilidad tan prodigiosa que en comparación la hacía sentirse inútil, aunque Ash nunca le había dado la impresión de que las caricias de Melody no lo excitaran. Y nada podría ser más erótico para ella que tocarlo por todo el cuerpo. Volver a recorrerlo palmo a palmo. Descubrió que sus orejas eran especialmente sensibles, porque cuando las mordisqueó él gimió y le agarró el pelo en los puños. Y cuando hizo lo mismo en el pezón, Ash buscó su boca y la besó con una pasión que la dejó sin aliento. Lo que más pareció gustarle, sin embargo, fue cuando ella se sentó a horcajadas sobre sus muslos, le agarró la erección y le pasó el pulgar en círculos por la punta.

La reacción de Ash era increíblemente excitante. Aferraba las sábanas en sus puños, agitaba la cabeza de un lado a otro y se debatía frenéticamente por controlarse.

—¿Te hacía esto antes? –le preguntó ella.

Él tragó saliva y negó con la cabeza.

—No quiero llegar todavía, pero si sigues así no podré contenerme.

—Pues hazlo –lo acució ella.

Ash abrió los ojos. Tenía la mirada desenfocada.

—Aún no. Antes quiero penetrarte.

Todo lo que tenía que hacer era pedírselo. Melody se levantó sobre las rodillas y se colocó en posición.

—¿Estás segura? –le preguntó él al ver lo que se disponía a hacer.

Melody nunca había estado tan segura de nada en su vida. Clavó la mirada en sus ojos y descendió sobre su erección, engulléndola centímetro a centímetro. Por muchas veces que lo hubieran hecho antes, sabía que nunca había sentido algo tan intenso.

Ash le puso las manos en las caderas. Tenía todos los músculos contraídos, y parecía estar al borde del colapso.

Melody se levantó hasta que sólo la punta del miembro quedó en su interior y volvió a descender. Ash la agarró por la nuca y tiró de ella para besarla, antes de darle la vuelta y colocarse encima.

Ella abrió la boca para protestar por el cambio de ritmo, pero el único sonido que escapó de su garganta fue un gemido de placer cuando Ash empezó a moverse dentro de ella. Se retiró y volvió a empujar hasta el fondo, muy despacio, sin dejar de mirarla a la cara. Era como el vídeo de la ducha, pero mejor aún, porque Melody podía disfrutar de las sensaciones reales.

«Más rápido», quería gritar. «Más fuerte». Pero las palabras se perdían en algún lugar entre el cerebro y los labios. Sentía que estaba paralizada al borde de un precipicio, y cada embestida de Ash la empujaba más y más hacia el abismo. Ash debió de notar que estaba a un suspiro del orgasmo, porque aceleró las penetraciones a un ritmo trepidante.

El cuerpo de Melody se estremeció, sacudido por violentas convulsiones, y una ola de placer la abnegó por completo. Se dejó arrastrar por las sensaciones y por unos instantes perdió la noción de la realidad. Cuando volvió en sí, sintió los temblores de Ash y como apoyada la cabeza en su hombro. Ambos jadeaban en busca de aliento.

Ash la besó una última vez y se tumbó en la cama, apretándola contra su costado.

–No me malinterpretes –le dijo–, pero ha sido el sexo más modesto que hemos tenido nunca.

Melody sabía por los vídeos que tenía tendencia a hacer todo tipo de ruidos durante el sexo, pero pensaba que sólo estaba actuando para la cámara.

–Intentaré hacer más ruido la próxima vez.

–Oh, no, no –se apresuró a negar él–. El silencio está bien. Así los vecinos dejarán de mirarme mal en el ascensor.

Melody se apoyó en el codo para mirarlo.

–¿Me tomas el pelo? –le preguntó, pero la expresión de Ash le confirmó que lo decía en serio. Se puso colorada sólo de pensarlo. Aquello superaba con creces las tendencias exhibicionistas que le había comentado Ash–. Me cuesta creer las cosas que hacía, y si te digo la verdad, no quiero volver a ser la persona que era. Me gusto más como soy ahora.

–A mí también me gustas más así –le confesó él.

Melody confió en que lo dijera en serio y que no estuviera ocultando su decepción.

–¿No echas de menos el maquillaje, el peinado perfecto y la ropa ajustada?

–La verdad es que no he pensado mucho en ello. Me gusta la ropa que vistes ahora, y el pelo te queda muy bien así –le colocó un mechón detrás de la oreja–. En cuanto al maquillaje, nunca me pareció que lo necesitaras.

–Creo que era muy insegura de niña.

–¿Lo recuerdas?

–No exactamente. Es difícil de explicar. No me reconozco cuando me veo en los vídeos. Me da la impresión de que estaba interpretando un papel, intentando ser algo que no era. Lo que significa que no debería de gustarme mucho, ¿verdad?

–Supongo que no.

–¿Te importaría si me comprara ropa nueva? Esos sujetadores de realce parecen instrumentos de tortura. No me importa si mis pechos parecen más pequeños, con tal de poder respirar.

Ash sonrió.

–Puedes comprarte lo que necesites.

–Pero tendrás que llevarme tú en coche. No me seduce la idea de subirme a un autobús. Podrías dejarme en la tienda y recogerme cuando haya acabado.

–¿Qué te parece si vas tú sola en coche?

Melody lo pensó y no encontró ninguna razón por la que no pudiera conducir ella misma. Ya había dejado los calmantes y no había vuelto a marearse.

–Supongo que podría hacerlo. Siempre que no te importe dejarme tu coche.

Él volvió a sonreír.

–Iba a esperar al lunes para que fuera una sorpresa, pero supongo que puedo decírtelo ya.

–¿Decirme qué?

Ash se levantó, tan excitado como un niño, y agarró los pantalones del suelo. Sacó el móvil del bolsillo y se tumbó boca abajo junto a ella para tocar la pantalla. Melody intentó ver qué estaba haciendo, pero él se giró de costado.

–Espera.

Melody se moría por ver el móvil. Cuando finalmente Ash se lo entregó, vio una foto de un coche en la pantalla. Era un lujoso todoterreno de color azul.

–Creía que tu coche era nuevo.

–Y lo es.

–Entonces ¿por qué quieres comprarte otro?

Ash se echó a reír.

–Es para ti.

–¿Me has comprado un coche?

–Necesitas uno, ¿no?

–¡Oh, Dios mío! –exclamó, y le echó los brazos al cuello–. ¡Gracias, gracias, gracias!

Ash volvió a reírse.

–No es para tanto.

–Tal vez no para ti, pero para mí sí.

–Si desplazas la imagen a la izquierda podrás verlo desde otros ángulos.

Melody se recostó contra las almohadas y miró las fotos que Ash había sacado del coche.

–Es precioso. Me encanta.

–Es un vehículo muy seguro, y lo he pedido con todas las opciones disponibles. Lo tiene todo.

La siguiente foto no era del coche. A Melody le costó un momento averiguar lo que estaba viendo, pero entonces empezó a darle vueltas la cabeza. Se llevó una mano a la boca, como si fuera a vomitar.

–¿Qué te pasa, Mel?

Melody sacudió débilmente la cabeza.

—Debería haber muerto…

Ash miró el teléfono y se dio cuenta de que ya no estaba mirando el coche nuevo, sino una de las fotos que él había sacado en Texas de lo que quedaba de su viejo coche. Había olvidado por completo que estaban allí.

—¡Maldita sea! —le arrebató el móvil, pero ya era demasiado tarde. Tendría que haber borrado las malditas fotos o haberlas descargado en su ordenador—. No quería que las vieras. Lo siento.

Melody lo miró con ojos muy abiertos.

—¿Cómo pude sobrevivir a eso?

—Tuviste mucha suerte.

—Todo el mundo me lo dice, pero es lo que se dice cuando alguien sobrevive a un accidente, ¿no?

—A veces se dice en serio.

—¿Hay más fotos?

—Media docena. Las borraré todas.

—Quiero verlas.

—Mel…

—Ash, tengo que verlas.

—Sólo conseguirás angustiarte.

—Me angustiaré más si no las veo. ¡Por favor!

Ash le devolvió el móvil de mala gana y la observó mientras ella examinaba las fotos. Cuando llegó a la última, volvió a pasarlas en sentido contrario. Repitió el proceso varias veces, hasta que finalmente cerró los ojos con fuerza, como si intentara protegerse de las imágenes.

Ash se lamentó por haber dejado que viera las fotos. Tendría que haberse negado y haberlas borrado.

—Mel, ¿qué tal si me das el móvil y…?

–Volqué –dijo ella sin abrir los ojos.

–Sí. Tu coche volcó y se chocó contra un árbol. El médico te lo explicó, ¿recuerdas?

Melody tenía la frente arrugada en un gesto de concentración.

–Dentro estaba oscuro… Se encendieron unas luces rojas… Y la palanca de cambios… –alargó la mano derecha en el aire, como si la estuviera tocando–. También estaba roja –abrió los ojos y miró a Ash–. Había un ambientador colgando del espejo. Olía a coco.

Era imposible que hubiera visto esos detalles en las fotos del móvil. Lo estaba recordando.

–¿Qué más?

–Recuerdo dar vueltas… Estaba asustada, creía que iba a morir… Era espantoso.

Ash se preguntó cuánto tardaría en recordar el resto. La razón por la qué se había salido de la carretera. ¿Había sido consciente de que estaba abortando?

Le puso una mano en el hombro.

–Ya ha pasado, y ahora estás a salvo.

Ella volvió a mirarlo.

–Hay algo más.

Ash contuvo la respiración.

Melody lo miró en silencio largo rato, hasta que sacudió la cabeza.

–No lo recuerdo, pero sé que está ahí. Es algo que debería saber.

–Ya lo recordarás –le aseguró él, aunque en el fondo esperaba que nunca lo recordase. Era algo que debería quedar enterrado para siempre.

Capítulo Trece

Mel pasó una noche horrible.

Después de cenar comida china y de ver una película a la que apenas prestaron atención, Ash acompañó a Mel a la cama. Su intención era dejarla acostada y trabajar un rato en el despacho, pero ella lo agarró de la mano.

–Quédate, por favor –le suplicó, y él no pudo negarse. Se desnudaron y se acostaron juntos. Ash le dio un beso de buenas noches, pensando que el sexo era lo último que debía de apetecerle a Mel en aquellos momentos, pero ella le rodeó el cuello con los brazos y tiró de él–. Hazme el amor.

Ash seguía esperando a que el lado agresivo y salvaje de Mel volviera a dominarla, pero a ella parecía satisfacerla dejarle a él la iniciativa. Y Ash se dio cuenta de lo mucho que prefería a aquella nueva Melody.

Al acabar, ella se acurrucó contra él, cálida y exhausta, y los dos se durmieron abrazados. Pero unas horas después ella se despertó con un sobresalto, respirando agitadamente y con los ojos llenos de pánico.

Ash se incorporó junto a ella, la tocó en el hombro y descubrió que estaba empapada de sudor.

Las sábanas también estaban mojadas. Por un momento temió que tuviera fiebre, pero su piel estaba fría.

—Estaba dando vueltas... —murmuró ella—. Vueltas y vueltas... No podía parar.

—Sólo ha sido una pesadilla —la tranquilizó él, culpándose a sí mismo por haberle enseñado las fotos.

—Me duele la cabeza —dijo ella, llevándose las manos a las sienes.

Ash no podía saber si le dolía de verdad o si sólo estaba recordando el accidente. Parecía suspendida entre el sueño y la vigilia.

—¿Quieres una aspirina?

Ella se estremeció y se abrazó con fuerza.

—Tengo frío...

—Vamos —dijo el, levantándose de la cama y obligándola a seguirlo. No podría entrar en calor si se quedaba entre sábanas empapadas.

—¿Adónde? —preguntó ella, medio dormida.

—A mi habitación. Mi cama está seca.

La arropó y permaneció junto a ella, escuchando atentamente su respiración hasta que ambos se durmieron.

A la mañana siguiente Melody no parecía acordarse del suelo ni de haberse despertado en mitad de la noche.

—¿Por qué estamos en tu habitación, Ash? —le preguntó mientras lo zarandeaba.

—Tuviste una pesadilla —murmuró él. Tenía demasiado sueño para abrir los ojos.

—¿En serio?

–Las sábanas estaban empapadas de sudor y te traje aquí –le pareció que ella decía algo, pero volvió a dormirse y no se despertó hasta después de las ocho, mucho más tarde de lo habitual. Ni siquiera los domingos dormía tanto.

Se duchó y se puso unos pantalones sport y un polo, ya que al ser domingo no habría nadie más en la oficina. Fue a la cocina y se encontró a Mel en el sofá, sentada con las rodillas en alto. Llevaba unos vaqueros y una camiseta, y el pelo recogido en una coleta. Parecía una joven de dieciocho años.

–Buenos días –lo saludó con una sonrisa.

Ash se acercó para besarla en la mejilla, pero ella giró la cabeza y recibió el beso en los labios. Sabía a café y a algo dulce, y olía al jabón que habían usado en la ducha la noche anterior. Ash se sintió tentado a levantarla del sofá, echársela al hombro y llevársela a la cama.

Tal vez más tarde…

–Buenos días –le respondió.

–Hay café.

–¿Cuánto tiempo llevas levantada? –le preguntó él mientras se dirigía a la cocina, donde ella le tenía preparada una taza.

–Desde las seis y media –lo siguió a la cocina y se sentó en un taburete–. Me sentía extraña al despertar en otra cama.

–¿No recuerdas nada de anoche?

Ella negó con la cabeza.

–Pero sí recuerdo otras cosas. El libro que estaba leyendo ya lo había leído. Esta mañana me puse a leerlo después de llevar casi la mitad y de repente recordé cómo acababa. Así que eché un vistazo a otros libros de la estantería, y tras leer la contraportada y hojear las primeras páginas también recordé haberlos leído.

Era lógico que así fuera, pero Ash no había esperado que fuese tan pronto.

—Parece que has estado ocupada.

—Sí. Estaba ahí sentada, pensando lo absurdo que era recordar unos libros y en cambio no acordarme de mi propia madre, y de repente pensé en la foto.

—¿Qué foto?

—La foto en la que aparezco con mi madre, cuando yo tenía trece años.

Ash recordó haberla visto en la habitación de Melody antes del accidente. Tampoco la había visto en Texas.

—Sí, la recuerdo, pero no sé dónde está.

—El recuerdo me vino de repente. Sabía que estaba en el bolsillo de mi maleta. Y allí estaba, en efecto.

A Ash le dio un vuelco el corazón. ¿Melody recordaba haber hecho las maletas?

—¿En tu maleta?

—Debí llevarme la foto conmigo a mi viaje.

—Sí… claro —murmuró él. ¿Acaso no había examinado a fondo sus maletas para cerciorarse de que no quedaran recuerdos personales? Tal vez había dado por hecho que los bolsillos estaban vacíos.

—He encontrado otra cosa —dijo ella, y a Ash se

le cayó el alma a los pies al ver la expresión de su rostro.

Melody se sacó un trozo de papel doblado del bolsillo y se lo entregó. Ash lo desdobló y vio que era un contrato de alquiler. Del piso de Abilene.

Maldición. Tendría que haber registrado los malditos bolsillos.

–No estaba haciendo un viaje de investigación, ¿verdad?

Ash negó con la cabeza.

–Me había marchado, ¿no es así? Te había abandonado.

Él asintió.

–Llevo un rato intentando recordar qué ocurrió y por qué me marché, pero no consigo acordarme de nada.

Eso significaba que aún no recordaba su aventura ni el embarazo. Ash se sintió como un canalla por alegrarse, pero si el asunto permanecía en el olvido podría fingir que no sabía nada. O a lo mejor ella sí lo recordara y decidiera mantenerlo en secreto. Mientras ninguno de los hablara de ello, sería como si nunca hubiera ocurrido.

–No me dejaste ninguna nota –le dijo–. Un día volví a casa del trabajo y ya no estabas. Supuse que no debías de ser muy feliz conmigo.

Ella frunció el ceño.

–¿De modo que desaparecí sin más y ni siquiera te preocupaste en buscarme?

–Al principio no –admitió él, porque a aquellas alturas no serviría de nada mentir–. Estaba demasiado furioso y mi orgullo me lo impedía. Me convencí a mí mismo de que volverías al cabo de una o dos semanas. Creía que te sentirías sola y desgraciada sin mí. Pero no regresaste y fui yo quien empezó a sentirse solo y desgraciado. Así que contraté a un detective.

–¿Y descubriste que estaba en el hospital?

Él asintió.

–Fui a Texas al día siguiente de enterarme. Mi intención era convencerte para que volvieras conmigo.

–Pero yo tenía amnesia, y por eso me dijiste que sólo me había ido de viaje.

Ash volvió a asentir.

–Temía que si te decía la verdad no volvieras a casa. Fui a tu piso a recoger tus cosas y las envié aquí por correo. Y también… –le costaba admitirlo. Se suponía que aquella conversación debían tenerla cuando él la abandonara y pudiera regodearse con su triunfo.

–¿También qué? –lo acució ella.

–También… –«maldita sea, Ash, dilo de una vez–. Registré tu ordenador y borré todo lo que pudiera hacerte recordar. Emails, archivos de la universidad, música…

Ella asintió lentamente, como si estuviera procesando la información para decidir si debía estar furiosa con él.

–Pero lo hiciste porque tenías miedo de perderme.

–Sí –más o menos, pero no por la razón que ella pensaba. Y ya que habían llegado tan lejos, sería mejor contarlo todo–. Hay algo más.

Ella respiró hondo.

–¿De qué se trata?

–Los hospitales sólo facilitan información de los pacientes a los más allegados. Padres, maridos, novios…

A Melody le costó unos segundos entender lo que quería decirle.

–No estamos comprometidos –murmuró.

–Era la única manera de obtener información. Si no hubiera sido tu novio, el médico no me habría dicho nada.

Por la expresión de Melody parecía tener náuseas, y Ash se imaginó que él debía de tener una expresión similar. Melody se quitó el anillo y lo dejó en la encimera. Al menos no se lo arrojó a la cara.

–Supongo que querrás recuperar esto. Aunque ni siquiera debe de ser auténtico.

–Claro que es auténtico. Es… –tragó saliva–. El anillo de mi ex mujer.

Melody volvió a respirar profundamente, conteniendo lo que debía de ser una explosión de ira. Ash preferiría que diera rienda suelta a sus emociones y lo abofeteara. Así al menos los dos se sentirían mejor.

–Pero lo hiciste porque temías perderme –repitió ella, ofreciéndole una salida.

–Así es –a pesar de sentirse como el hombre más rastrero del mundo, la confesión de la verdad le quitó un enorme peso de encima. Por primera vez desde que la vio en el hospital sintió que podía respirar con alivio–. No te imaginas lo culpable que me he sentido…

–¿Por eso has estado evitándome?

–¿Qué quieres decir?

–¿Por eso te quedabas en la oficina hasta tarde?

–Siempre he trabajado hasta muy tarde.

–¿Siempre me dices que estás en la oficina cuando no es verdad?

¿De qué demonios estaba hablando?

–Nunca te he mentido al respecto. Si te decía que estaba en la oficina era porque estaba allí.

–Ayer por la tarde llamé a tu oficina para preguntarte por la cena y no respondiste. Te dejé un mensaje, pero no me devolviste la llamada.

Podría decirle que estaba en una reunión o algo por el estilo. Pero ya estaba cansado de las mentiras.

–Estaba en la oficina. Brock y Flynn me prepararon una fiesta sorpresa para celebrar nuestro compromiso.

–Vaya… debió de ser una situación muy incómoda.

–No te imaginas cuánto.

–Supongo que es culpa mía, por irme de la lengua.

–Mel, nada de esto es culpa tuya. De hecho, es un milagro que no me hayas tirado nada a la cabeza.

–En cierto modo, creo que debería darte las gracias.

–¿Por qué?

–Si no hubieras hecho esto, nunca habría sabido lo feliz que puedo ser contigo.

Lo último que Ash se esperaba era que Melody le diera las gracias por mentirle.

–Pero... –continuó ella, y él se encogió por dentro. Los «peros» nunca eran buenos–. Si todo sigue como hasta ahora, volverás a perderme.

No era una vana amenaza. Se lo estaba diciendo totalmente en serio.

–¿A qué te refieres?

–Siempre estás trabajando. Te marchas a la oficina antes de que yo me levante y no vuelves a casa hasta que yo me he acostado. Sería más fácil de soportar si al menos te tomaras libres los fines de semana. ¿Qué sentido tiene estar juntos si nunca estamos juntos?

La vieja Melody nunca se había quejado del tipo de relación que mantenían ni de las horas que él pasaba en la oficina. Y tal vez eso fuera parte del problema.

Ash no podía negar que, justo antes de que Melody se marchara, él había estado alejándose de ella. Siempre estaba trabajando, ya fuera en la oficina o en el despacho de casa. Y cuanto más se apartaba, más intentaba ella complacerlo. Su insistencia llegó a agobiarlo, hasta que de repente Melody desapareció.

¿Nunca se había parado a pensar que había sido él quien la empujó a los brazos de otro hombre?

Sabía que una relación tan pobre no podía durar. Ella quería algo más, y se merecía tenerlo. Pero ¿qué quería él? ¿Estaba listo para un compromiso?

Pensó en cómo era Melody, antes y ahora. Ya no se podía distinguir entre una Melody honesta y una Melody perversa. Sólo había una, perfecta tal y como era. Una mujer con la que Ash podía imaginarse compartiendo su vida si alguna vez decidía volver a intentarlo. Pero las relaciones exigían compromiso y sacrificio, y él estaba acostumbrado a salirse siempre con la suya, sin luchar por ello.

Y, sinceramente, estaba harto de esa vida.

Quería estar con una mujer que pensara por sí misma, que fuera ella misma, que no intentara complacerlo a toda costa, que no tuviera miedo de decepcionarlo o contradecirlo.

Quería a Melody.

–Mel, después de todo lo que he hecho para traerte de vuelta, ¿de verdad crees que volvería a dejarte marchar?

El labio inferior de Melody empezó a temblar y sus ojos se llenaron de lágrimas, a pesar de sus evidentes esfuerzos por contenerse.

Pero él no quería que se contuviera. Fue hacia ella y la rodeó con sus brazos. Y ella se abrazó a él con todas sus fuerzas.

Tenían algo que merecía la pena. Y esa vez Ash estaba decidido a no fastidiarlo.

Después de ver las fotos del siniestro, Melody empezó a recuperar la memoria cada vez más rápido. Recuerdos como las zapatilla rojas que le regalaron en su quinto aniversario o los paseos en poni que su madre le permitía dar cuando iban a la compra.

Recordó la ininterrumpida serie de novios y

maridos de su madre, los maltratos físicos y emocionales a los que todos ellos la sometían, sin excepción. Su madre no era capaz de defenderse a sí misma, pero cuando se trataba de proteger a Melody se transformaba en una leona. Mel recordó una ocasión en la que uno de sus novios intentó pegarle. Ella no debía de tener más de diez años. Recordó quedarse paralizada por el miedo, incapaz de cubrirse la cara mientras él se acercaba con la mano levantada. Cerró los ojos y se preparó para el impacto, pero entonces oyó un golpe seco y al abrir los ojos vio al hombre de rodillas en el suelo, aturdido y con la cabeza sangrando. Su madre estaba junto a él con un bate de béisbol.

Tal vez no hubiera sido la mejor madre del mundo, pero la había protegido.

A pesar de haber aprendido que era socialmente inaceptable, Mel se había acostumbrado tanto a la idea de que los hombres maltrataran a las mujeres que cuando empezó a salir con Ash estaba siempre en guardia. Pero al cabo de unos meses sin que él le levantara la mano ni la voz, comprendió que Ash jamás le haría daño. Al menos físicamente.

Cuando se lo dijo a Ash, su reacción fue de tristeza en vez de sentirse ofendido. Estaban en la cama después de haber hecho el amor y Melody le habló de su infancia, de sus traumas e inseguridades. Y al abrirse a Ash, él empezó a hacer lo mismo.

Recordaba lo suficiente como para saber que su relación nunca se había basado en el amor, y que durante tres años sólo habían sido compañeros de piso que se acostaban juntos. Una parte de ella se avergonzaba por haber durado tanto tiempo sin pedir algo mejor, pero ahora tenían una relación de verdad y un futuro en común. Hablaban, reían y pasaban tiempo juntos. Veían películas, salían a comer y daban largos paseos por la costa. Eran una pareja.

A Ash no le importaba que fuera siempre despeinada o con ropas holgadas. Ni que hubiera dejado de ir al gimnasio a castigarse los músculos. Había perdido las curvas que tanto le costaba mantener y estaba tan flacucha como en sus años de instituto. «Si pierdes, ganas», fue la cariñosa respuesta de Ash cuando ella se quejó de haberse quedado sin caderas ni trasero. Ash ni siquiera echaba de menos los sujetadores de realce, y tampoco le tenía en cuenta los orgasmos que había fingido cuando temía decepcionarlo. A Melody le sorprendió descubrir que en muchas ocasiones Ash hubiera preferido ver una película en vez de hacer el amor.

Él le hizo prometer que nunca más volvería a hacer nada que no le apeteciera, y ella le juró que nunca más volvería a fingir un orgasmo. Él le prometió a su vez que no necesitaría fingir nada, y en las semanas siguientes se encargó de cumplir con su palabra.

Pero a pesar de todas sus charlas aún quedaba un tema por abordar. Melody tenía miedo de sacarlo, porque por mucho que hubieran intimado aún seguía siendo una niña pequeña que temía decepcionarlo.

No obstante, ya había esperado suficiente. Y una mañana, mientras desayunaban tostadas y huevos revueltos, Ash le ofreció la oportunidad en bandeja.

–Ya que has recuperado la memoria casi por completo, ¿has pensado en volver a la universidad? –le preguntó.

Melody se puso tan nerviosa que se atragantó con el zumo de naranja. Era ahora o nunca.

–La verdad es que no –respondió tímidamente.

«Vamos, Mel. Sé valiente y dile la verdad».

–La cuestión es que... no quiero seguir estudiando. No quiero ser abogada.

–Muy bien –fue todo lo que dijo Ash. Tomó un sorbo de zumo y siguió comiendo.

Melody se quedó boquiabierta. Después de toda la angustia que había pasado, ¿a él sólo se le ocurría decir «muy bien»?

–¿Eso es todo?

Ash levantó la mirada de la tostada que estaba untando de mermelada.

–¿El qué?

–Acabo de decir que no quiero ser abogada, ¿y todo lo que dices es «muy bien»?

Él se encogió de hombros.

–¿Qué más quieres que diga?

–Después de la fortuna que te has gastado en mis estudios, ¿no te molesta que vaya a tirarlo todo por la borda?

–No, la verdad. No merece la pena estudiar si no te gusta.

Si hubiera sabido que sería tan comprensivo, se

lo habría dicho muchos meses antes. Pensó en todo el tiempo que había perdido estudiando algo que no la llevaba a ninguna parte, y se lamentó por haber sido una cobarde.

–¿Tienes alguna idea de lo que quieres hacer? –le preguntó él.

Era la pregunta del millón.

–Creo que sí.

–¿Y de qué se trata?

Melody bajó la mirada al plato y se puso a juguetear con su tostada.

–Estaba pensando que quizá me quede en casa una temporada.

–Eso está muy bien. No tienes ninguna necesidad de trabajar.

–Quizá podría hacer algo aquí, en vez de trabajar fuera.

–¿Trabajar desde casa?

–Algo así –«vamos, Mel. Suéltalo de una vez»–. Un trabajo que implique levantarse por la noche y cambiar pañales…

Ash frunció el ceño y respiró profundamente.

–Mel, sabes que no puedo…

–Lo sé, lo sé. Pero hay medios artificiales. Y también está la adopción. No estoy hablando de que sea ahora. Antes quiero que nos casemos –él abrió la boca para decir algo, pero ella levantó una mano para detenerlo–. Ya sé que no hemos hablado de nada definitivo ni hemos hecho planes, y te aseguro que no quiero precipitar nada. Sólo quiero… dejarlo claro, para saber que estamos en el mismo barco.

–No sabía que quisieras tener hijos.

–Yo tampoco lo sabía, hasta hace poco. Siempre me dije que jamás haría pasar a un niño por lo que yo he pasado. Supongo que me había resignado a tener una vida como la de mi madre. Nunca imaginé que conocería a alguien como tú…

Un atisbo de sonrisa asomó a los labios de Ash, pero la ocultó rápidamente tras un semblante severo.

–¿De cuántos niños estamos hablando?

A Melody le dio un vuelco el corazón. Al menos estaba dispuesto a discutirlo…

–Uno o dos. O tal vez tres.

Ash arqueó una ceja.

–O mejor dos, tan sólo –rectificó ella.

–¿Es lo que realmente quieres?

Melody se mordió el labio y asintió.

–Sí.

Ash guardó un silencio tan largo que Melody temió que fuera a negarse. Esperó la respuesta con el corazón encogido, porque una negativa podría suponer el final de todo. Ella deseaba formar una familia. Lo deseaba de veras. No había pensado en otra cosa últimamente.

–Bueno –dijo él finalmente–. Supongo que uno de cada estaría bien.

No había acabado de decirlo cuando Melody se levantó y se arrojó sobre él.

–¡Gracias!

Ash se echó a reír y la abrazó.

–Pero no hasta que estemos casados, y ya sabes que no quiero precipitarme.

–Lo sé –los tres últimos años lo demostraban,

pero comprendía los recelos de Ash. Después de superar un cáncer y haber perdido a su madre, le había costado muchísimo acercarse a las personas. Y cuando finalmente lo hizo y se casó y su mujer lo traicionó de la peor manera posible.

Pero Ash tenía que saber que ella jamás le haría algo así. Lo amaba, y sabía que él también la amaba, aunque aún no se lo hubiera dicho.

Para él suponía un gran paso, pero Melody sabía que lo acabaría dando.

Sólo debía tener paciencia.

Capítulo Catorce

Ash se sentó en su despacho sin dejar de sonreír. Era irónico que Mel escogiera aquel día para sacar el tema del matrimonio y los hijos, porque él había pensado en llevarla a cenar aquella noche a un lugar romántico. Después pasearían por la orilla y con la puesta de sol se pondría de rodillas y le pediría que se casara con él.

Al fingir que no estaba seguro sobre la idea de tener hijos confiaba en haber disipado las sospechas que Mel pudiera albergar sobre sus intenciones. Aunque, en honor a la verdad, no había pensado en ello hasta ahora. Nunca había imaginado que volviera a comprometerse, y su ex jamás había expresado el deseo de ser madre.

Pero ahora sabía que su vida no estaría completa hasta que tuviera hijos con Mel, ya fueran biológicos o adoptados.

Abrió el cajón y sacó el estuche del anillo. No era tan vistoso como el que le había dado a su ex, pero Ash sabía que a Mel le encantaría. El joyero le había asegurado que se trataba de un anillo sólido, capaz de resistir la colada, los baños del bebé y los pañales sucios.

Llamaron a la puerta del despacho y Ash devolvió el estuche al cajón.

—¿Molesto? —preguntó Gavin Spencer, asomando la cabeza.

—No, para nada —respondió Ash, haciéndole un gesto para que pasara.

Gavin entró y se sentó en una silla frente a la mesa de Ash.

—La cosa se está poniendo fea.

Ash no tuvo que preguntarle a qué se refería. El ambiente en la oficina era cada vez más tenso, debido a las filtraciones que se habían producido. Nadie hablaba del tema, pero todo el mundo lo sabía.

—Por eso estoy aquí —dijo Ash.

—Tienes suerte… Deberías probar a trabajar con Logan Emerson.

—Me he dado cuenta de que no parece encajar del todo.

—Me pone los vellos de punta —admitió Gavin—. Cada vez que levanto la mirada lo sorprendo mirándome. El otro día lo pillé en mi oficina. Dijo que me estaba dejando un informe.

—¿Y era cierto?

—Sí, pero me pareció que los papeles de mi mesa habían sido movidos. Hay algo en él que me escama. A veces ni siquiera parece saber lo que está haciendo. Creo que se equivocaron al contratarlo, y si ésta fuera mi empresa te aseguro que haría las cosas de un modo muy distinto.

Pero no era su empresa. Ash sabía que Gavin soñaba con ser el jefe, y confiaba en que no socavara la integridad de Maddox Communications y filtrara información a Golden Gate Promotions.

El móvil de Gavin empezó a sonar y él se levantó de la silla.

–Tengo que responder. Es un nuevo cliente... No quiero decir más, pero podría ser un contrato muy interesante.

–En ese caso, que tengas suerte.

Gavin se marchó y Ash miró el reloj. Aún quedaban cuatro horas hasta recoger a Mel para llevarla a cenar. Iba a ser muy difícil quedarse sentado toda la cena, sabiendo que tenía el anillo en el bolsillo. Pero sabía que el agua era uno de los lugares favoritos de Mel, y allí sería donde se declarara, en un escenario espectacular. Lo había previsto todo para que la petición de mano coincidiera con la puesta de sol.

Nada podría salir mal.

Melody estaba tardando más de la cuenta en arreglarse. Intentaba definirse la línea de los ojos, pero le faltaba práctica con el lápiz.

Ash asomó la cabeza por la puerta. Era la décima vez que lo hacía en los últimos quince minutos.

–¿Ya estás lista?

–Un minuto.

–Eso dijiste hace diez minutos. Si llegamos tarde perderemos la reserva.

–El restaurante no se va a mover de donde está, y no nos pasará nada si tenemos que esperar un poco –era su primera cita desde el accidente y

Mel quería que fuera especial. Se había comprado un vestido nuevo, se había rizado el pelo y se lo había recogido elegantemente en lo alto de la cabeza.

–¿Mel?

–¡Ya está! –se aplicó un poco de pintalabios y lo metió en el bolso–. Vámonos.

Bajaron en el ascensor al aparcamiento. El coche nuevo de Mel estaba junto al de Ash, y a ella le encantaba a pesar de los nervios que le produjo sentarse por primera vez al volante.

Ash arrancó y enfiló la calle, pero el tráfico era denso y maldijo entre dientes cuando se detuvieron ante un semáforo en rojo.

–Vamos a llegar tarde –se quejó, buscando algún hueco entre los coches.

–¿Se puede saber qué te pasa? –le preguntó ella, bajando el espejo del parasol para comprobar la línea de los ojos–. ¿Vas a transformarte en calabaza o algo así?

Ash puso el coche en marcha justo cuando ella estaba subiendo el parasol, y en ese preciso instante un ciclista apareció en el cruce.

–¡Ash! –gritó Mel. Él pisó el freno y esquivó por los pelos la rueda trasera de la bicicleta.

–Idiota –masculló Ash, antes de volverse hacia ella–. ¿Estás bien?

Mel no podía responder. Las manos le temblaban sobre el salpicadero y le costaba respirar. El corazón le latía con tanta fuerza que se le iba a salir del pecho.

–¿Mel? Dime algo –la apremió Ash, pero su voz

sonaba distante y distorsionada, como si le estuviera hablando bajo el agua.

Ella lo intentó, pero ningún sonido salió de su boca. Tenía los labios entumecidos y no le llegaba suficiente aire a los pulmones.

Tenía que salir del coche.

El vehículo que tenían detrás tocó el claxon y Ash torció en la esquina. Le puso a Mel una mano en el brazo y la miró de reojo mientras conducía.

—Me estás asustando, Mel.

No podía respirar. Estaba atrapada y necesitaba aire. Agarró el abridor de la puerta y tiró sin importarle que estuvieran en marcha, pero las puertas estaban bloqueadas.

Ash vio lo que estaba haciendo y la apartó bruscamente de la puerta.

—Por Dios, Mel, ¿se puede saber qué haces?

—Déjame salir —ordenó ella con voz ahogada.

—Espera —dijo él, agarrándole el brazo—. Voy a aparcar.

Se metió por el callejón detrás de su edificio y volvió al aparcamiento. En cuanto detuvo el coche, Mel abrió la puerta y se lanzó al exterior. Cayó al suelo de rodillas y se le derramó el contenido del bolso, pero le daba igual. Sólo necesitaba aire.

Oyó la puerta de Ash y un segundo después estaba junto a ella.

—¿Qué ocurre, Mel? ¿Es la cabeza?

Poco a poco iba respirando mejor, pero el instinto de huir se intensificaba a medida que la adrenalina le recorría las venas.

Cerró los ojos, pero en vez de oscuridad vio un

parabrisas mojado por la lluvia. El tiempo empeoraba, pensó. Sería mejor volver a casa. Pero entonces apareció una bicicleta de la nada. Un destello de cabellos rubios, una capucha rosa. Mel giró el volante. Un ruido sordo. Y luego, vueltas…

–¡No! –abrió los ojos y se encontró en el suelo del aparcamiento. Pero la imagen había sido real. Hacía sucedido de verdad–. La atropellé… A la chica.

–Mel, tienes que calmarte –le dijo Ash, y la rodeó con los brazos para levantarla del suelo. A Mel le temblaban tanto las piernas que apenas podía sostenerse.

–Había una bicicleta… Una chica. La atropellé.

–Subamos a casa –dijo él, llevándola hacia el ascensor.

Una vez dentro, volvió a cerrar los ojos y sintió que estaba dando vueltas. Vueltas y más vueltas. Sacudidas violentas, dolor por todo el cuerpo, de repente una descarga en la cabeza. Y después, nada. No oía nada. No podía moverse.

Atrapada.

–¡Mel!

Abrió los ojos.

–Ya hemos llegado.

Desorientada, miró a su alrededor y vio que Ash la estaba sacando del ascensor. No estaba en el coche. No estaba atrapada.

Ash la hizo entrar en casa y la sentó en el sofá. Le sirvió una copa y se la puso en las manos.

–Bebe. Te ayudará a calmarte.

Ella se llevó la copa a los labios y se obligó a tomar un trago. Le entraron arcadas cuando el líquido le abraso la garganta. Pero se sentía mejor. El pánico iba desapareciendo y lentamente volvía la calma.

Ash hizo ademán de retirarse y ella lo agarró de la manga.

—¡No te vayas!

—Sólo voy al cuarto de baño a por el botiquín. Tenemos que lavarte las rodillas.

Melody bajó la mirada y vio que tenía las rodillas desolladas y sangrando. Al ver la sangre sintió que se le revolvía el estómago.

Se echó hacia atrás y apoyó la cabeza en el cojín.

Lo recordaba con la misma claridad que si hubiera sucedido aquella misma mañana. Estaba en el coche. Sabía que tenía que buscar ayuda. Tenía que socorrer a la chica. Pero cuando intentó mover los brazos algo se lo impidió. Estaba atrapada. Intentó ver qué la inmovilizaba, pero cuando movió la cabeza sintió un dolor tan intenso que se atragantó con la bilis. Gimió y cerró los ojos. Intentó pensar, tenía que concentrarse en permanecer consciente. Y entonces lo sintió. Una punzada en el vientre. Un retortijón insoportable.

«No, allí no».

«El bebé no».

«El bebé».

Estaba embarazada. Iba a tener un hijo de Ash.

La última pieza encajó en el rompecabezas. Por eso había abandonado a Ash. Por eso había huido a Texas. Estaba embarazada de Ash, y sabía que él no querría tener a ese hijo.

Pero el alivio por saber finalmente la verdad no podía compararse al dolor que le invadía el corazón.

Podrían haber sido una familia. Ella, Ash y el bebé. Podrían haber sido felices… Pero ¿cómo podría haberlo sabido?

Ash volvió y se arrodilló frente a ella. Se había quitado la chaqueta y arremangado la camisa.

—Esto te va a escocer —le advirtió, y usó un trapo húmedo para limpiarle la sangre. Mel ahogó un gemido al sentir el escozor—. Lo siento. Te va a escocer aún más, pero hay que prevenir la infección. Sabe Dios lo que habría en el suelo.

Mojó otro trapo con agua oxigenada y se lo aplicó en las rodillas. Una capa blanca y efervescente se extendió por la piel magullada.

Si Mel hubiera sabido que sería así, no se habría marchado. Le habría dicho a Ash que estaba embarazada y podrían haber sido felices.

Ahora era demasiado tarde.

Ash le colocó una venda en cada rodilla.

—Listo.

—¿Está muerta? —le preguntó Mel mientras él guardaba las cosas—. Dímelo, por favor.

Ash suspiró y la miró.

—No fue culpa tuya.

De modo que la respuesta era sí. En cierto modo, ella ya lo sabía. Y fuera o no su culpa, había matado a una chica. A la hija de alguien. Y ni siquiera había tenido la oportunidad de pedir disculpas.

—¿Por qué no me lo dijo nadie?

–El médico pensó que sería un trauma muy fuerte.

Mel soltó una amarga carcajada.

–Claro, es mucho más divertido enterarse de esta manera.

Ash se levantó con el botiquín y los trapos manchados de sangre.

–Hizo lo que creyó que era mejor.

De repente a Melody se le ocurrió que el médico debía de haberle dicho a Ash lo del niño. Al fin y al cabo creía que Ash era su novio.

Todo ese tiempo Ash lo había sabido y no había dicho nada. Una cosa era mentir sobre un noviazgo y ocultar información personal, pero se trataba de su hijo. Del hijo de ambos.

–¿Por eso tampoco me dijiste nada del bebé?

Ash cerró los ojos y sacudió la cabeza.

–No hagas esto, Mel. Olvídalo.

–¿Que lo olvide, dices?

–Todo está siendo maravilloso… Por favor, no lo estropees –la miró con ojos suplicantes–. ¿No podemos fingir que nunca ocurrió?

Melody se quedó boquiabierta.

–¿Cómo puedes decir eso? ¡Perdí a mi bebé!

–¡No era mío! –gritó él, y dejó el botiquín con tanta fuerza en la mesa que Melody oyó la fractura del cristal. Estaba tan sorprendida por la violenta reacción de Ash que le costó unos segundos asimilar sus palabras.

–Ash, ¿quién ha dicho que no fuera tuyo? Pues claro que era tuyo.

Él la miró a los ojos con tanta furia que parecía

que iba a golpearla. Pero cuando habló lo hizo con una voz sobrecogedoramente serena.

—Los dos sabemos que eso es imposible. Soy estéril.

Melody apenas podía creerse lo que estaba insinuando.

—¡Crees que tuve una aventura con otro hombre!

—Me acosté contigo sin usar protección durante tres años, y con mi mujer durante siete años. Ninguna de las dos os quedasteis embarazadas hasta ahora... Sí, creo que tuviste una aventura.

No podía estar hablando en serio.

—Ash, desde que nos conocimos aquella noche en la fiesta no ha habido otro hombre aparte de ti.

—Permíteme que lo dude... Si era mío, ¿por qué te fuiste?

—Porque me habías dejado muy claro que no querías tener una familia, y tampoco parecías desearme a mí. Pensé que lo mejor para todos sería marcharme. Sinceramente, me sorprende que te percataras de mi ausencia.

Ash la fulminó con la mirada.

¿Por qué se empeñaba en dudar de ella? Él la conocía, y sabía que ella jamás le haría daño.

—Ash, te estoy diciendo la verdad.

—¿Y se supone que debo creerte? ¿Cómo voy a aceptar tu palabra si lo que dices es imposible?

—Tienes que hacerlo. Sabes que yo jamás te mentiría.

—No te creo —espetó él.

—¿Por qué me trajiste de nuevo a casa? ¿Por qué

no me dejaste en el hospital si tanto me despreciabas? ¿Estabas planeando una venganza o qué?

Ash apretó la mandíbula y apartó la mirada.

Melody sólo estaba desahogándose, pero sin pretenderlo había dado en el clavo.

—¡Oh, Dios! —se levantó del sofá—. Eso era lo que estabas haciendo, ¿verdad? Querías vengarte de mí…

Él volvió a mirarla con expresión amenazadora.

—Después de todo lo que hice por ti, me traicionaste. Cuidé de ti durante tres años y me lo pagaste acostándote con otro. Claro que quería venganza —sacudió la cabeza con disgusto—. Pero ¿sabes lo realmente patético? Te había perdonado. Pensé que habías cambiado y esta noche iba a pedirte que te casaras conmigo, esta vez de verdad. Pero tú sigues mintiéndome sin escrúpulos… ¿Por qué no reconoces lo que hiciste? ¡Confiésalo!

Lo más triste era que, en el fondo, Melody sospechaba que Ash la creía. Él sabía que le estaba diciendo la verdad, pero no quería escucharla. En esas circunstancias era más fácil cerrarse en banda que darle una oportunidad.

—¿Ésta es tu manera de hacer las cosas? —le preguntó—. ¿Encuentras algo maravilloso y en vez de aprovecharlo te empeñas en destrozarlo? ¿Fue eso lo que te pasó con tu mujer? ¿La ignoraste tanto tiempo que acabaste por echarla de tu vida?

Ash no respondió, pero era obvio que Melody había tocado una fibra sensible.

—Te quiero, Ash. Quería pasar contigo el resto de mi vida, pero no puedo seguir luchando por ti.

–Nadie te ha pedido que lo hagas.

Aquello lo decía todo.

–Dame una hora para recoger mis cosas. Te agradecería que me permitieras usar el coche un par de semanas, hasta que pueda encontrar otro.

–Quédatelo.

¿Se lo ofrecía como regalo de despedida? ¿O como premio de consolación?

Melody se levantó del sofá y se fue a su habitación a hacer el equipaje. Aún le dolían las rodillas y le temblaban las piernas por el subidón de adrenalina.

Pero nada podía compararse al dolor que le desgarraba el corazón.

Sentado en un rincón del Rosa Lounge, Ash bebía su whisky e intentaba convencerse de que no era un idiota y un desgraciado. Y hasta el momento, no lo estaba consiguiendo.

Mel se había marchado tres días antes y él apenas podía soportarlo. Al final se había dado cuenta de lo estúpido que había sido, pero no sabía cómo dar marcha atrás.

Tenía que estar muy desesperado para concertar aquella cita, pero Mel le había dicho algunas cosas que se le habían quedado grabadas y necesitaba saber de una vez por todas si eran ciertas.

Volvió a mirar el reloj y miró en dirección a la puerta, justo cuando ella entraba en el local. Tenía el pelo más corto que antes, pero por lo demás no había cambiado nada. Ash se levantó y le hizo un gesto con la mano. Ella sonrió al verlo, lo cual era buena señal. Cuando él la llamó por teléfono para preguntarle si podían verse se había mostrado bastante desconfiada.

Mientras la observaba acercarse a la mesa comprobó que seguía teniendo muy buen aspecto… y una prominente barriga de embarazada.

–Me alegro de verte, Linda –la saludó.

–Hola, Ash –su ex mujer se inclinó para besarlo en la mejilla–. Tienes buen aspecto.

–Tú también –dijo él–. Siéntate, por favor.

Esperó a que ella se sentara al otro lado de la mesa y entonces se sentó él también.

La camarera se acercó para tomar nota, y cuando volvió a marcharse Ash señaló la barriga de Linda.

–No sabía que estabas embarazada.

Ella se puso una mano en el vientre y sonrió.

–Faltan seis semanas.

–Enhorabuena. ¿Aún sigues con…? –intentó recordar el nombre, sin éxito.

–Craig. El mes pasado celebramos nuestro segundo aniversario.

–Es genial. Pareces muy feliz.

–Lo soy –afirmó ella con otra sonrisa–. Todo es maravilloso. No sé si recuerdas que Craig tenía un gimnasio en nuestro barrio. Lo convencí para que ampliara el negocio y acabamos de inaugurar nuestro decimocuarto centro.

–Me alegro.

–¿Y tú? ¿Qué te cuentas?

–Sigo trabajando en Maddox Communications.

Ella se quedó callada, como si esperara que le dijera algo más.

–¿Hay alguien… especial en tu vida?

–Lo hubo –admitió él. «Hasta que lo eché todo a perder», añadió para sí mismo–. Es complicado.

Linda volvió a guardar silencio, esperando que le diera más detalles. Y aunque él no había pensado hacerlo, las palabras salieron por sí solas.

–Acabamos de romper. Hace sólo unos días.

–Voy a suponer entonces que esta cita guarda relación con ella…

Su ex no tenía un pelo de tonta.

–Tengo que preguntarte una cosa –dijo mientras se frotaba las manos con inquietud. Tal vez aquello no fuese buena idea–. Seguramente te parezca… extraño, después de tanto tiempo.

–Adelante –Linda juntó las manos delante de ella y le prestó toda su atención.

–Sé por qué lo hiciste. El motivo que tuviste para engañarme.

Pensó que Linda se ofendería o adoptaría una actitud defensiva, pero más que disgustada parecía sorprendida.

–Vaya… No me esperaba esto.

–No te estoy culpando de nada –le aseguró él–. Tan sólo necesito saberlo.

–¿De verdad quieres hablar de esto?

No, no quería, pero ya no había vuelta atrás.

–Sí.

–Tenemos que asumir, Ash, que cuando me sorprendiste con Craig nuestro matrimonio ya hacía tiempo que se había acabado. Sólo era cuestión de tiempo hasta que me marchara, pero tú no querías verlo ni asumir responsabilidades. Para ti, yo era la única culpable.

–Supongo que aún creía que éramos felices.

–¿Felices? No existíamos el uno para el otro. Siempre estabas trabajando, y en casa eras como un fantasma.

Tenía razón. Habían dejado de ser una pareja mucho antes de la ruptura, pero él no había querido verlo ni asumir su parte de culpa.

–Sé que estuvo mal engañarte, y siempre me arrepentiré de ello. No quería hacerte daño, pero me sentía muy sola, Ash. La verdad es que me sorprendió que te enfadaras al descubrirlo, porque no creía que yo te siguiera importando. Estaba convencida de que podría haber hecho el equipaje y marcharme, y tú no te habrías dado cuenta hasta que te hubieras quedado sin ropa interior limpia.

Todo aquello empezaba a resultarle familiar.

–Entonces… ¿yo te empujé a hacerlo?

–No vayas a pensar que tienes la culpa de todo, Ash. Yo también podría haberme esforzado más en arreglarlo. Podría haberte exigido que me dedicaras más tiempo. Pero pensé que estábamos en una fase difícil y que acabaríamos reencontrándonos. Por desgracia, la situación empeoró hasta tal punto que no merecía la pena intentarlo. Había dejado de quererte.

–Vaya… –murmuró él.

–Vamos, Ash, no me digas que a ti no te pasaba lo mismo.

Cierto, pero su orgullo estaba más hinchado que su corazón.

–¿Es eso lo que querías saber? –le preguntó ella.

Ash sonrió.

–Sí. Agradezco tu sinceridad.

Linda se encogió de repente y se puso la mano en la barriga.

–El pequeñín vuelve a darme patadas. Creo que será un buen futbolista.

–¿Es niño?

–Sí, pero aún no nos hemos puesto de acuerdo con el nombre. Yo voto por Thomas, y Craig por Jack.

–Siempre pensé que no querías tener hijos.

–No es que no quisiera, pero nunca parecía el momento adecuado. Tampoco quería sacarte el tema, ya que tú creías que no podías tenerlos.

–¿Que yo… «creía», dices?

Ella frunció el ceño, como si se deseara tragarse sus palabras.

–¿Linda?

Su ex bajó la mirada a las manos.

–Supongo que debería habértelo dicho antes.

¿Por qué Ash tenía la sensación de que no iba a gustarle?

–¿Decirme qué?

–A los seis meses de estar saliendo juntos, descubrí que estaba embarazada… Y antes de que lo preguntes, sí, era tuyo.

–Pero yo no puedo…

–Créeme, sí puedes. Pero los dos estábamos

aún en la universidad y ni siquiera habíamos hablado de casarnos. Teníamos que pensar en nuestras carreras, de modo que hice lo que creí mejor para ambos y aborté.

Ash estuvo a punto de caerse del asiento.

—Pero en todos esos años… nunca usamos protección.

—Tú no, pero yo sí. Tenía un diu.

A Ash le costaba creer lo que estaba oyendo.

—¿Por qué no me lo dijiste?

—Pensaba que te estaba protegiendo. No quería hacerte cargar con una responsabilidad que no deseabas.

Responsabilidad no deseada… Parecía ser un tópico entre las mujeres y él.

De manera que Mel le había dicho la verdad. Había sufrido un accidente espantoso y había vivido para contarlo, había perdido a su bebé, al bebé de ambos, y él la había acusado de ser una embustera y una fulana.

Podría haber sido padre. Y lo habría sido, de no ser tan egoísta y estúpido. Cerró los ojos y meneó la cabeza.

—Soy un completo idiota…

—¿Por qué tengo la sensación de que ya no te refieres a nosotros?

Ash la miró.

—¿Crees que algunas personas están condenadas a repetir los mismos errores?

—Algunos, tal vez. Si se resisten a aprender de esos errores.

—¿Y si aprenden demasiado tarde?

Linda alargó un brazo sobre la mesa y le puso la mano encima de la suya. En aquel momento, todo el rencor y amargura que Ash había soportado durante los últimos tres años pareció desvanecerse en el aire.

–¿La quieres?

–Más que a mi vida.

–¿Y ella a ti?

–Hace tres días sí me quería.

Linda sonrió y le apretó la mano.

–Entonces ¿qué demonios haces aquí sentado conmigo?

A Mel se le daba muy bien desaparecer. No respondía al móvil y Ash no tenía ni idea de dónde se alojaba. En esa ocasión, Ash no esperó para llamar al detective privado y pedirle que volviera a encontrarla.

–¿El coche tiene GPS? –le preguntó el detective cuando Ash le dio los detalles del vehículo.

–Sí.

–Entonces no me necesitas. Puedes seguir su rastro con cualquier ordenador. O incluso con tu teléfono móvil, si tiene conexión a Internet.

Unas horas después, Ash estaba aparcando delante de un supermercado situado a varios kilómetros del apartamento.

No quería enfrentarse a ella dentro de la tienda, de modo que se bajó del coche y se apoyó en el capó de Melody para esperarla. No tendría más remedio que hablar con él antes de marcharse.

Melody salió de la tienda diez minutos después, y a Ash le dio un vuelco el corazón al verla. Pero enseguida se le formó un nudo en la garganta al pensar en todo lo que tenía que explicarle y confesarle.

Llevaba una gran bolsa en los brazos y estaba buscando algo en el bolso, por lo que no pudo ver a Ash enseguida.

Estaba preciosa con el pelo recogido en una coleta y vestida con vaqueros, sudadera y zapatillas deportivas. A Ash le costaba recordar por qué le había gustado tanto antes del accidente. Tal y como era ahora le parecía perfecta.

Casi había llegado al coche cuando finalmente levantó la mirada y lo vio. Aminoró el paso y entornó los ojos, sin duda preguntándose cómo la había encontrado.

—GPS —dijo él—. Te he localizado con mi móvil.

—¿Sabes que el acoso se considera un delito en California?

—No creo que pueda considerarse acoso, teniendo en cuenta que el coche está a mi nombre.

Melody le arrojó las llaves con tanta fuerza que si no las hubiera atrapado al vuelo lo habrían dejado tuerto.

—Que lo aproveches —le espetó, y pasó junto a él en dirección a la calle.

Ash se apartó con un impulso del coche y la siguió.

—Vamos, Mel. Sólo quiero hablar contigo.

—Pues yo no quiero. Aún estoy furiosa contigo.

Caminaba tan rápido que Ash tuvo que correr para alcanzarla.

–He sido un idiota.

Ella resopló con desdén.

–Dime algo que no sepa.

–¿Sabes lo mucho que lo siento?

–Me lo imagino.

–No es que no te creyera, Mel. Simplemente, no quería que fuera cierto.

Ella se detuvo tan bruscamente que Ash casi se tropezó.

–¿Me estás diciendo que no querías que el bebé fuera tuyo?

–¡No! Claro que no.

–Realmente eres idiota –murmuró ella. Se giró para alejarse, pero él la agarró del brazo.

–¿Puedes escucharme un minuto, por favor? Podía soportar que hubieras tenido una aventura, sobre todo porque fui yo quien te alejó de mí. Pero saber que el bebé era mío y que yo era responsable de… –la emoción le impedía hablar–. Si te hubiera tratado como mereces, si te hubiera demostrado mi amor por ti, nunca habrías sentido la necesidad de escapar y nada de lo que te ocurrió habría sucedido. Todo es por mi culpa, Mel. Todo.

Ella permaneció en silencio un largo rato, y él la observó con atención por si acaso le arrojaba algún otro objeto a la cara. A saber lo que tendría en aquella bolsa…

–No es sólo culpa tuya –dijo por fin–. Los dos cometimos estupideces.

–Tal vez, pero yo fui mucho más estúpido que tú. Y lo siento en el alma, Mel. Ya sé que es mucho pedirte, pero ¿crees que podrías darme otra opor-

tunidad? Te juro que esta vez lo haré bien –la agarró de la mano libre, aliviado cuando ella no intentó soltarse–. Sabes que te quiero, ¿verdad?

Ella asintió.

–¿Y tú a mí?

Mel suspiró profundamente.

–Claro que sí.

–¿Y me darás otra oportunidad?

Ella puso una mueca.

–Como si tuviera elección… Me temo que no
dejarías de acosarme hasta que te dijera que sí.

Ash sonrió, porque eso sería lo que hiciera.

–En ese caso, ¿por qué no me abrazas?

Ella esbozó una media sonrisa y avanzó hacia
él. Ash la rodeó con sus brazos, y a pesar de la bolsa aplastada entre ellos el abrazo fue casi perfecto.
Ella era perfecta.

–¿Sabes? En el fondo sabía que no se había acabado –le confesó ella–. Tenía el presentimiento de
que vendrías a por mí y yo no tendría más remedio
que volver a aceptarte.

–Pero sólo después de hacerme sufrir un poco,
¿no?

Melody amplió su sonrisa.

–Naturalmente.

Ash se inclinó para besarla y entonces vio una
cajita en lo alto de la bolsa de la compra. No podía
ser lo que parecía ser…

La agarró y leyó la etiqueta.

–¿Un test de embarazo? ¿Para qué?

Melody seguía sonriendo.

–¿Tú qué crees?

Ash sacudió la cabeza, absolutamente desconcertado.

–¿Otra vez?

–Aún no estoy segura, pero tengo un retraso de
cinco días y los pechos me duelen tanto que no
puedo ni tocarlos.

–No lo entiendo… Se supone que la radioterapia me dejó estéril.

–Deberías comprobarlo, porque para ser estéril
te resulta muy fácil dejarme embarazada.

Ash se echó a reír.

–Es increíble. ¿Qué probabilidades hay de que
te quedes embarazada no una sino dos veces después de habernos pasado tres años sin usar protección?

Ella se encogió de hombros.

–Así tenía que ser. Es nuestro pequeño milagro.

Ash le quitó la bolsa y la dejó en el suelo para
poder abrazarla de verdad. Ni siquiera le importó
que la gente los mirase como si fueran una pareja
de chiflados. El auténtico milagro era que Melody
volvía a estar en sus brazos.

Y esa vez no volvería a dejarla marchar.

En el Deseo titulado
Asunto para dos, de Jennifer Lewis,
podrás continuar la serie
SE ANUNCIA UN ROMANCE

Deseo™

Corazón herido

NATALIE ANDERSON

Al millonario Rhys Maitland no le gustaba que las mujeres cayeran rendidas a sus pies sólo porque su nombre iba unido al poder.

Cuando conoció a Sienna, Rhys decidió ocultarle la verdad, aunque sólo iba a estar con ella una noche.

Sienna también tenía sus propios secretos. Vistiéndose con sumo cuidado para disimular la cicatriz que era la cruz de su vida, vivió una asombrosa noche de pasión con Rhys sin saber que hacía el amor con un millonario.

Rhys y Sienna supieron que una noche no iba a ser suficiente y se vieron obligados a desnudarse en todos los sentidos.

¿Haría una noche de pasión que los dos volvieran a encontrarse?

Bianca

Si alguno de los presentes conoce alguna razón por la que este matrimonio no deba seguir adelante, que calle ahora o…

Jerjes Novros no se iba a limitar a protestar por la boda de Rose. Iba a secuestrar a la hermosa novia para llevarla a su isla privada en Grecia.

Una vez en su poder, aquella novia virgen tendría su oportunidad. Él, en cualquier caso, lo tenía claro: estaba dispuesto a darle a Rose la noche de bodas que se merecía.

La novia raptada

Jennie Lucas

Deseo™

El príncipe de sus sueños

CATHERINE MANN

Cuando la verdadera identidad de Tony Castillo apareciera en las portadas de todos los periódicos, ya no sería capaz de seguir ocultando que era un príncipe y no un magnate, como todo el mundo creía, incluida su bella amante, Shannon Crawford.

Ante la indignada reacción de su amante, Tony no tuvo más remedio que llevársela a una isla, refugio de su familia, para protegerla de los paparazzi... pero el auténtico objetivo de Tony era ganarse de nuevo el corazón de Shannon en aquella remota y exótica isla.

¿Superaría Shannon las restricciones que imponía amar a un hombre de la realeza?